74,75,76
그리고
68년생 남자들

74,75,76 그리고 68년생 남자들

초판 1쇄 발행 | 2026년 1월 19일

지은이 | 우현도
펴낸이 | 박영욱
펴낸곳 | 북오션

주　소 | 서울시 마포구 월드컵로 14길 62 북오션빌딩
이메일 | bookocean@naver.com
네이버포스트 | post.naver.com/bookocean
페이스북 | facebook.com/bookocean.book
인스타그램 | instagram.com/bookocean777
유튜브 | 쏠쏠TV·쏠쏠라이프TV
전　화 | 편집문의: 02-325-9172　영업문의: 02-322-6709
팩　스 | 02-3143-3964

출판신고번호 | 제 2007-000197호

ISBN 978-89-6799-919-3(03810)

74,75,76 그리고 68년생 남자들

우현도 지음

북오션

어두운 터널에

갇혀 있던 나를

꺼내주던 선배에게

이 책을 바친다

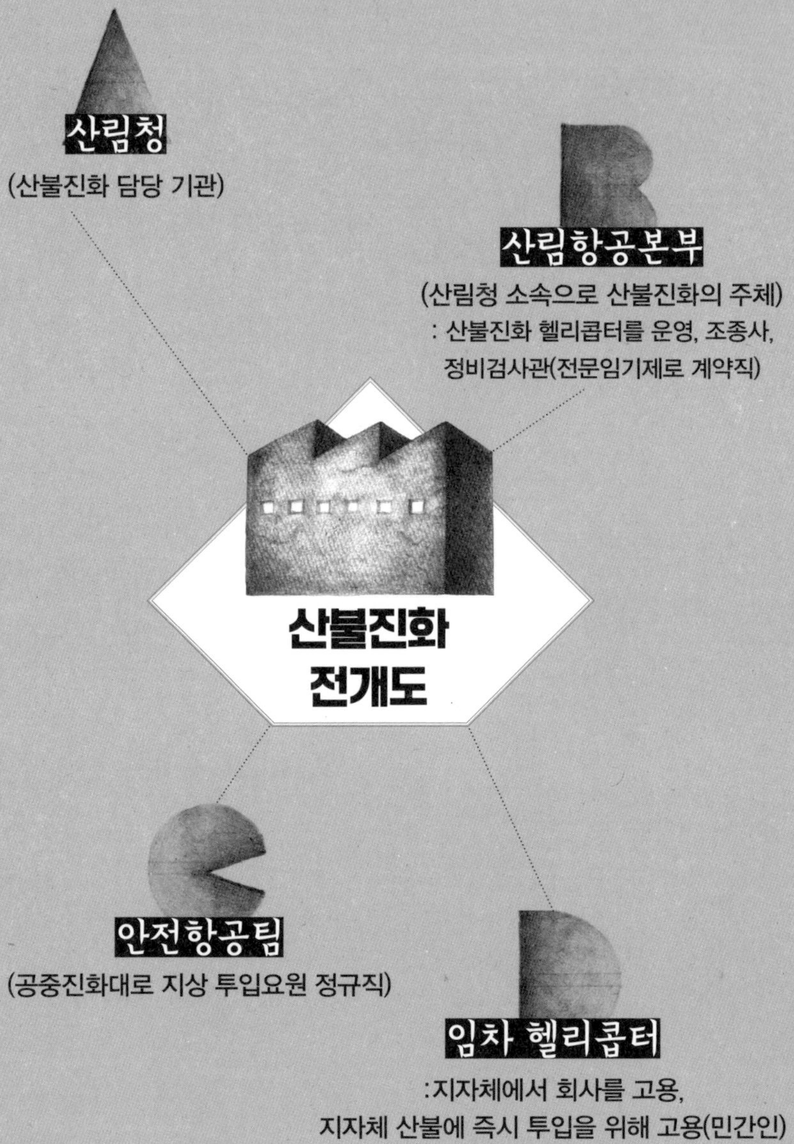
산림청
(산불진화 담당 기관)
산림항공본부
(산림청 소속으로 산불진화의 주체)
: 산불진화 헬리콥터를 운영, 조종사,
정비검사관(전문임기제로 계약직)
산불진화
전개도
안전항공팀
(공중진화대로 지상 투입요원 정규직)
임차 헬리콥터
:지자체에서 회사를 고용,
지자체 산불에 즉시 투입을 위해 고용(민간인)

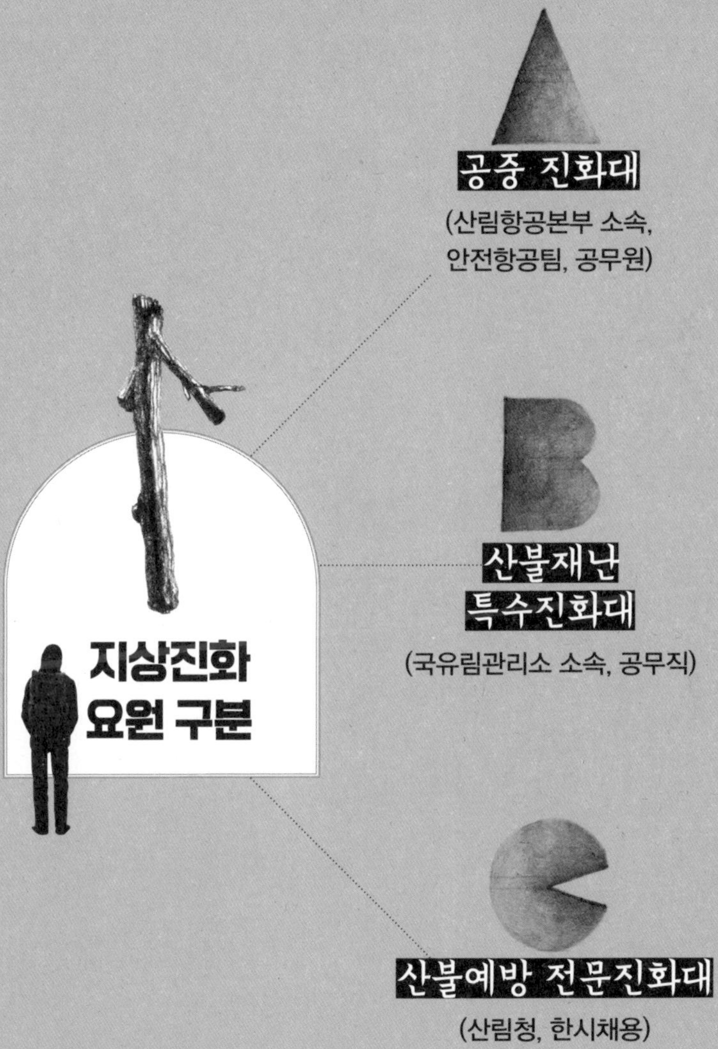

지상진화
요원 구분
공중 진화대
(산림항공본부 소속,
안전항공팀, 공무원)
산불재난
특수진화대
(국유림관리소 소속, 공무직)
산불예방 전문진화대
(산림청, 한시채용)

막상 서보니 겁이 나지만 마음이 차분히 가라앉는다.

숨을 길게 내쉬어 본다.

다시 생각한다.

육 초 육 초면 된다.

한 걸음이면 끝난다.

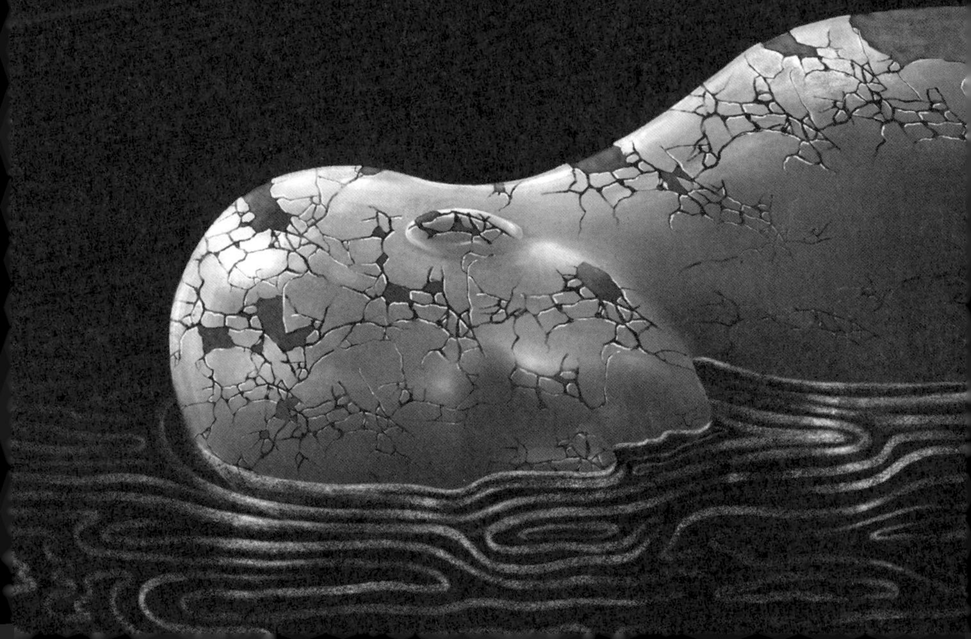

[1]

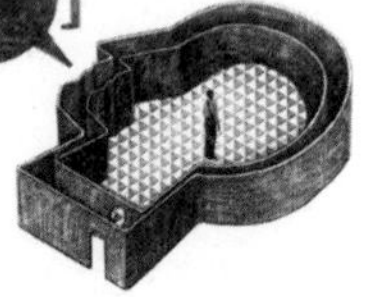

그해 봄은 내 생애에 가장 뜨거운 해였다.

“강원도에서 발생한 산불이 일주일을 넘기고 있습니다.”

“산불은 여의도 150배 면적을 태우고 계속 태백산맥을 타고 남하하고 있습니다.”

“무진 원자력 발전소는 안전하다고 하지만, 산림청은 산불의 진로를 바꾸기 위해 노력하고 있습니다.”

뉴스와 신문은 연일 산불에 관해 토해내고 있었다.

‘산림청 재난 대비 태세 3등급 발령.’

모든 산림청 직원 출근, 산림항공본부의 모든 가용 헬기 동원,

소방과 임차헬기 동원, 군 헬기 지원, 전국에 흩어져 있는 산림항공관리소 안전항공팀과 산불진화대 전원 투입.

무지성 산불과 싸우는 일주일.

산불의 미친 발걸음을 조금이라도 늦추기 위해 우리는 싸우고 있었다.

쪽잠을 자면서 산림청과 소방청 업무를 돕는 공무원, 최전선에서 산불과의 방제선을 구축하는 안전항공팀, 그리고 산불진화의 주인공 산불진화 헬기를 운영하는 산림항공본부 소속 조종사와 정비사.

우리는 지쳐가고 있었다. 밤낮을 가리지 않는 폭격과 썩어가는 시궁창 물속의 참호에서 싸우는 1차 세계대전 군인처럼, 이 상황이 언제 끝날지 모른다는 막연함에 더 두려웠다. 참호 속에서 그들은 무엇을 위해 싸웠을까?

해가 지면 산불진화 헬기는 날 수 없다.

한 시간이라도 더 진화작업에 투입하기 위해 여명과 함께 이륙한다. 해가 서산으로 지고 붉은 노을이 뜨면 치열했던 하루를 마치고 지친 몸을 누이기 위해 산불진화 헬기는 산림항공관리소로 돌아온다.

산불진화 헬리콥터가 착륙하자마자 항공정비팀과 정비검사관들은 내일의 새벽 출동을 위해 치열한 정비를 시작한다. 무진 산림항공관리소의 정비 격납고 불은 일주일 동안 꺼지지 않았다.

헬기가 말썽만 피우지 않으면 자정 전에 정비를 끝낼 수 있다. 새벽까지 쪽잠이 가능하다. 조금 더 일찍 자고 늦게 일어나봤으면. 소소한 희망을 품어봤지만, 산불진화 헬기 무진 1호기가 말썽을 피웠다. 그리고 사람도 말썽을 부렸다.

그때, 우리는 산불과 전쟁을 벌이고 있었다.

사람들은 이것을 재난이라고 불렀다.

[2]

헤드라이트 불빛이 한적한 시골길을 깨웠다.

대피령으로 주인 떠난 집들이 홀로 남아 어둠 속에서 동네를 지키고 있었다. 우리가 가고자 하는 저 끝, 저 멀리 지평선을 따라 붉은 불빛이 빛나고 있었다. 우리는 산불과 고지전을 치르고 있었다.

아무도 없는 어둠만이 있는 길을 2007년식 아이보리 모닝이 달리고 있었다.

"준호야, 수원이에게 무슨 일이 있는 거야? 다짜고짜 나에게 와서 돈 빌려달라 하고. 빌려주고 나니깐 행방불명이라니?"

운전석 옆자리 김대현 선배가 굵고 낮은 목소리로 말했다. 분위기를 잡을 때 내는 특유의 버릇을 심각한 상황에도 하다니 '풋' 하고 웃음이 나올 뻔했다. 나도 목소리를 내리깔며 말했다.

"모르겠어요. 지금 중요한 것은 당장 민수원 정비검사관 선배를 찾아야 한다는 거예요. 뭐야!"

"어어어어."

고라니가 길 한가운데서 나를 쳐다보고 있었다. 헤드라이트 불빛에 고라니의 눈이 하얗게 반짝였다. 커진 고라니의 동공까지 뚜렷하게 보였다.

나는 핸들을 오른쪽으로 왼쪽으로 급하게 돌렸다.

"끼익!"

"드드득."

나이 든 모닝 이곳저곳에서 부서지는 소리가 났다.

차는 좌우로 심하게 몸을 흔들다 간신히 균형을 잡았다. 대현 선배의 몸도 크게 기울어졌다가 원위치로 왔다. 안전 손잡이를 잡은 두 손등에 힘줄이 올록볼록 올라와 있었다.

"준호야, 아직 주님 곁으로 갈 때는 아니지 않냐? 휴~, 죽을 뻔했네."

선배는 안전 손잡이에서 손을 떼며 여전히 낮고 굵은 톤으로 말했다.

"찾지 못하면 수원 선배가 죽을지도 몰라요."

나는 핸들을 힘껏 잡으며 말했다.

"수원이가 왜 죽어?"

"선배가 죽지 않더라도 내일까지 못 찾으면 우리도 끝나요."

"뭔 이야기야? 자세하게 이야기해봐."

왜 반드시 찾아야 할까?

그것도 내일까지.

그 이유는 무려 세 가지나 있다.

첫 번째는 정비검사관들은 계약직이다. 국민은 우리가 정규직이라 알고 있지만 우리는 당장 지금이라도 계약 해지될 수 있는 계약직이다. 지금은 재난대비태세 3단계로, 모든 산림항공본부 소속 정비사들은 명령에 따라 근무지에서 업무에 임해야 한다. 특별한 사유 없이 근무지를 이탈하면 징계 사유다.

말없이 근무지를 이탈하고 연락을 끊어버린 민수원 정비검사관이 내일 아침까지 근무지로 오지 않으면 공무원복무규칙 위반이다. 정규직 공무원은 가벼운 징계로 끝나겠지만 계약직인 우리로서는 바로 계약해지가 될 수 있는 사안이다. 하루아침에 실업자가 된다.

두 번째는 우리나라에서 가장 큰 초대형 산불 헬기 무진 1호에 결함이 생겼기 때문이다. 제식 명칭은 S-64, 별칭은 스카이 크레인. 하늘의 기중기라는 이름처럼 우리나라에서 가장 많은 물을 담수한다. 무려 8,000ℓ, 한 번에 8t의 물을 뿜어 운동장 크기 산불을 끈다. 이런 어마어마한 능력으로 대형 산불이 발생하면 산림항공본부의 스카이 크레인 가동률 현황은 우리나라 대통령에게 매일 아침 보고된다.

무진 1호의 결함은 1번 엔진의 연료 호스에서 연료가 새는 것이다. 삼십 센티짜리 작은 호스만 바꾸면 수리할 수 있다. 따라서 내일 아침에 출동할 수 있다고 보고했다.

"내가 자재 받아올게. 사람들 얼굴도 보고 좋잖아."

민수원 선배는 웃으며 자기 애마 2013년식 하얀색 아반떼를 몰고 자재를 받으러 자재실이 있는 원주로 출발했다.

원주의 산림항공본부에서 호스를 받아오면 되는 단순한 임무였다.

"물건은 잘 받았고 이제 무진으로 출발할게. 도착하면 일곱 시 정도 될 거야. 준비 잘해놔."

하지만 이 통화를 끝으로 연락 두절, 행방불명되었다. 하필 국내에 하나밖에 없는 호스를 들고, 행불이라니.

무진 1호가 출동하지 않는다면 필연적으로 국정원에서 조사가 들어올 것이다. 그것이 한 사람의 일탈에 의한 것임을 알게 된다면 관리소 소장부터 모두 징계다. 민수원 선배뿐만 아니라 나도 함께 계약해지다.

세 번째는 선배를 살려야 하기 때문이다. 선배는 심각한 우울증으로 죽을 고비를 여러 번 넘겼었다. 어느 정도 나아졌으리라 생각했는데, 혹시 죽을 자리를 찾고 있는 것은 아닐까? 기우일까? 일단 찾고 봐야 한다.

대현 선배는 팔짱을 끼고 첫 번째와 두 번째 이유를 묵묵히 들었다. 부릅뜬 눈은 어둠을 응시하고 있었다. 침묵이 깊어지면서 미간의 주름이 깊어졌다.

"그래, 첫 번째 두 번째 문제는 이해했어. 그런데, 왜 수원이가 죽는다는 거야?"

"이야기가 긴데요."

"임마, 형님이 이야기하라면 하는 거야."

대현 형님은 눈을 부릅떴다.

"알겠습니다. 긴 이야기니깐 잘 들어야 해요. 산불현장통합본부까지는 거리가 있으니깐 시간은 충분할 것 같아요."

나는 어떻게 한순간에 행복했던 추억이 지워버리고 싶은 고통의 기억이 되는지 그 긴 과정을 이야기해주었다.

[3]

이야기는 민수원 선배가 스물한 살이던 때 장미 여관방에서 시작한다. 옆에는 나이트에서 만난 이름 모를 여자가 누워 있었다. 맨살 양어깨가 이불 밖으로 드러나 있었다.

"삐리리, 삐리리."

무선 전화기가 울었다.

민수원 선배는 전화를 받았다.

"누, 누구세요?"

늦게까지 나이트에서 몸을 흔드느라 피곤해서 목소리가 제대로 나오지 않았다.

"……."

전화기에선 아무런 말소리도 들리지 않았다.

"누, 누구세요? 전화했으면 말씀하셔야지요?"

짜증이 확 올라와 이불을 뒤집어쓰며 말했다.

"나야, 나."

조용한 여자 목소리였다.

"누구?"

"지연이."

잠시 사귀었던 여자친구였다.

반가우면서도 귀찮음이 확 올라왔다. 작은 얼굴에 귀여운 고양이 상. 웃을 때는 주변을 환하게 밝혀주었지만, 웃음 한편에 차가운 그늘이 있었다는 것만 기억하고 있었다. 서로 말도 잘 통했고 좋은 감정을 느꼈지만, 선배도 어렸고 그녀도 어렸다. 둘은 서로 거기까지라고 생각했다.

"어, 그래. 오래간만이다."

목소리가 심드렁하게 나왔다.

베개에 머리를 대고 눕자 옆의 여자가 선배를 찾아 돌아누워 손을 뻗어 안았다. 선배는 그녀의 손을 뿌리쳤다.

"나 지금 미혼모 복지시설에 있어."

"……."

선배는 상체를 벌떡 일으켰다. 이불이 흘러 내렸다.

심장이 '쿵쾅쿵쾅' 요동쳤다.

"얘가 딸이야. 이 이야기 해주고 싶어서."

"거기 어디야?"

선배는 급하게 침대에서 내려와 옷을 입었다.

"자기야, 어디 가는 거야?"

반라의 여자가 상체를 일으키며 불렀다. 가슴만 이불로 가리고 있었다.

선배는 눈길 한번 주지 않고 방을 빠져나왔다. 반라의 여자는 대답 대신 다음과 같은 마지막 말을 들었다.

"기다려. 바로 갈게."

지연은 서른다섯 살에 홀로되신 어머니와 함께 사는 세 딸 중 맏이였다. 학비를 낼 수 없는 형편이라 공장을 다니며 야간 고등학교에 다녔다. 임신 사실을 알았지만, 엄마에게조차 말을 못 하여 찾아간 곳이 생명의 집 미혼모 복지시설이었다. 그곳에서 2.4kg 딸을 낳았다.

공장 다니는 스무 살 여자가 홀로 아이를 키우는 건 불가능하다. 지연은 해외 입양을 결정했다. 아이를 떠나보낼 날이 이틀 남았을 때 지연은 선배에게 전화했다.

선배는 차를 네 번이나 갈아타고 열두 시간이나 걸려 생명의 집에 도착했다.

"왔어?"

작은 목소리.

반기는 그녀.

작았던 몸이 더 작아져 있었다.

태풍에 둥지를 잃은 작은 새가 밤새 비바람을 맞은 것처럼 지쳐 있었다.

밝게 반겨주는 목소리와 달리 화장기 없는 얼굴에는 검은 그늘이 짙게 새겨져 있었다.

"아기 볼래?"

여자친구는 강보에 싸여 있는 아기를 선배에게 보여주었다.

선배는 이때 감정을 나에게 이렇게 말했다.

"벅차올랐어. 살아오면서 처음 느껴본 감정이었어. 그동안 여자들을 만나면 재미있었지만, 한편으로 뭔가 허전했거든. 목이 말라 물을 마시는데도 갈증을 느끼는 그런 느낌이랄까? 그런데 아기를 보자, 갈증이 느껴지지 않았어. 아기는 그동안 내가 무엇을 원했는지 알려주었어. 이 여자하고 딸을 위해 평생 몸 바쳐서 살아야겠다는 생각밖에 들지 않았어."

선배는 지연과 함께 살기로 했다. 하지만 딸이 문제였다. 해외입양이 결정되면 법적으로 이미 내 아이가 아니다. 부대에 휴가를 내고 열흘이나 법원을 뛰어다닌 후에야 딸을 아내에게 다시 안겨줄 수 있었다.

선배는 이 순간을 이야기할 때면 항상 발그레 웃었다. 아내와 딸에게 처음으로 남편이고 아버지 역할을 오롯이 혼자 해냈기 때문이다. 태어나서 성인으로 처음 누군가를 위해 해본 일이었다.

여기까지 이야기는 1980년대 유행했던 눈물을 짜내는 신파 영화랑 비슷하다. 지루하고 특별하지 않지만, 이 이야기를 하는 이유는 이런 내용을 알아야 민수원 선배가 왜 그러는지 이해가 가기 때문이다. 지루하더라도 계속 읽어주기를 바란다.

그런데 막상 같이 살려고 해도 살 집이 없었다.

군대 관사가 배정될 때까지 장모님 집에 얹혀살아야 했다. 장모님 집이 작아 퇴근 후에는 사설 게임방에서 시간을 보내고 자정이 넘어 장모님 댁으로 갔다. 두 평짜리 작은 거실에서 곤히 자는 처제들을 깨금발로 지나 건넛방에 들어가면, 큰 이불 하나 깔 정도의 방에서 아내가 아이를 안고 기다리고 있었다. 아이를 보고 바로 잠을 자고 새벽같이 나왔다. 이 순간, 이 공간, 작더라도 아기와 아내와 함께 있다는 것이 고마웠다.

두 달이 지나 관사가 배정되었다.

여덟 평으로 작은방 두 개에 작은 거실, 구형 화장실, 초라해도 너무 초라한 집이었지만 너무나 행복했다. 눈치 안 보고 가족이 함께 살 수 있다는 것만으로도 행복했다.

없이 결혼하고 아이까지. 하사 월급으로는 결혼 생활이 힘들었다. 알게 모르게 도와주는 따듯한 이들이 많았다. 사무실 선배 하나는 월급날이면 십만 원을 떼서 호주머니에 찔러주고 퇴근했다. 벨 소리에 문을 열어보면 위층 선배가 장바구니 두 개 중 한 개를 문앞에 놓고 갔다. 장바구니에는 아이 기저귀가 잔뜩 들어 있었다.

형수는 얼마밖에 안 되는 적은 돈이지만 아껴본다고 가계부를 썼다. 선배는 그런 아내에게 미안하기도 하고 안쓰러워 쓰지 말라고 빼앗았다.

이 에피소드를 말할 때면 "그때는 아내가 가계부를 썼었어. 가계부를 썼었다고." 하며 희미한 미소와 함께 하늘을 바라봤다.

국민에게 큰 고통의 기억을 준 IMF도 선배를 비껴가지 않았다. 부사관 연장신청이 안 되어 강제 전역을 하게 되었다. 간신히 새로 얻은 직장은 서산의 헬리콥터 정비 기술직. 전세금이 없어 누나에게 빌리고 1,500만 원을 대출받아 방을 구했다.

그때는 서산이 촌이라 2,000만 원으로 32평 큰 주택을 얻을 수 있었다.

이사 온 첫 번째 주말, 다섯 살 큰딸과 함께 나가 놀자고 했다. 딸은 말했다.

"아빠, 나 안 나가 놀 거야."

딸은 입을 앙다물고 단호하게 거부했다.

"왜 안 나가?"

"이 집은 방 안에서도 뛸 수 있어. 나 방에서 뛰어놀 거야. 밖에 안 나가도 돼. 너무 좋아."

하면서 소리 지르며 방을 뛰어다녔다. 동생과 술래잡기와 숨바꼭질을 했다. 여덟 평 관사에서 얼마나 답답했을까? 딸에게 무언가를 해주었다는 것에 뿌듯했다.

선배는 스무 살부터 독립하여 홀로 영어 강사를 하는 큰딸 이야기 할 때면 이 이야기를 꼭 해주었다. 나는 딸 바보라고 놀렸다.

직장은 항공 엔지니어 전문가 집단이었다. 관련 자격증도 취득했다. 자격증 수당이라고 회사에서 무려 십만 원을 매달 지급해주었다. 엔지니어로서 전문가라는 증명이 된 것도 좋았지만, 아내와 두 딸에게 조금이라도 더 해줄 수 있음에 더 기뻤다.

큰아이가 초등학교를 마칠 때쯤 대기업 계열 회사로 이직했다. 대기업에 간다는 것보다 가족에게 더 많은 걸 해줄 수 있다는 것에 감사했다.

이직한 곳에서는 엔지니어적인 기술 업무 외에 영업을 같이했다.

업무시간에는 작업복을 입고 엔지니어로 항공기를 정비하다, 퇴근 시간이 되면 양복으로 갈아입고 영업사원으로서 또 다른 업무를 수행했다. 접대는 밤 열 시가 넘어 끝나는 것이 기본이었다. 어떤 때는 자정을 넘겨 집에 들어갔다.

아내와 두 딸이 자는 불 꺼진 32평 아파트. 딸들의 방문을 열고 자는 아이들을 보며, 방 한 칸도 없이 시작하여 32평 아파트까지 쉼 없이 달려온 자신도 대견했지만, 참아준 아내와 아이들이 고마웠다. 감사했다.

대기업에서 월급을 많이 주는 이유가 있다. 엔지니어 일과 고객관리, 영업, 해결되기 어려운 문제들이 머릿속을 헤집고 다녔다. 몸을 움직이지 않는 주말은 오히려 머리가 깨져나갈 것같이 더 아팠다. 문제들이 더 선명하게 떠올라 낮잠 자는 것이 두려웠다. 무언가 집중하면 다른 생각이 안 난다는 것을 알기에 도서관에 가서 책을 보았다. 두 딸은 아빠 얼굴 못 봤다고 어디 가느냐고 뾰로통한 얼굴로 쫄랑쫄랑 따라와 아빠 옆에 앉아 같이 책을 봤다.

큰딸에게 자랑스러운 아빠가 되기 위해서도 노력했다.

여고를 다니던 큰딸의 아빠 직업 소개 참여 수업. 선배는 큰딸을 위해 신청했다.

당일 선배는 만 원권 상품권 50장을 챙겨 새 양복 안주머니에 넣은 다음, 학교에 갔다. 단상에 올라 항공 정비에 관해 소개했다. 학생들이 심드렁해 하자, 선배는 준비해온 상품권을 꺼냈다. 자세가 바르거나 질문을 한 학생들에게 상품권을 하나씩 나눠주었다.

이게 뭐지?

순간의 정적. 학생들 눈이 초롱초롱해지고 갑자기 질문이 터져 나오기 시작했다. 수업 막바지에 도달하자 여학생들이 소리쳤다.

"아저씨 최고!"

웃음 가득 선배가 말했다.

"아이고, 상품권이 아직 남아 있는데 한 시간 더 해도 돼요?"

"네!"

병아리처럼 모두 입을 맞춰 소리쳤다.

모두의 염원에 따라 예정된 한 시간에 한 시간을 더해 두 시간 동안 수업을 진행했다. 열정적 강의, 환호하는 학생들. 수업 끝나고 여자 담임선생님이 이렇게 말했다.

"이렇게 아이들이 재미있어 하는 것은 처음이에요. 감사해요."

환한 표정으로 아빠를 바라보며 손을 흔드는 큰딸에게 손을 같이 흔들어주고 선배는 학교를 나왔다. 주변 친구들이 큰딸을 향해 웃어주거나 안아주고 부러운 눈으로 쳐다보았다.

따스한 햇볕만 있으면 좋으련만 먹고사는 문제가 해결되자 다른 문제가 올라왔다.

형수와의 문제였다.

시작은 부부 잠자리 거부였다. 마음이 안 가 관계를 할 수 없다는 것이었다. 이유로는 독박육아, 시부모와의 관계, 이어서 선배를 보면 숨이 막힌다는 것이었다.

선배도 나름 억울한 것이 너무 많았다.

독박육아?

형수는 언제나 선배에게 이렇게 말했다고 한다.

"내가 자기를 만나지 않았으면 이렇게 답답하게 살고 있지 않았을 텐데 다 자기 때문이야. 스무 살에 시집와서 남들 다 하는 것 하지도 못하고."

선배는 "후~." 하고 숨을 길게 내쉰 후 말했다.

"온종일 업무와 고객에 시달리고 집에 들어가는 것이 빠르면 열 시 늦으면 자정이야. 아침 여섯 시에 출근하고 주말에는 피곤해서 손 하나 까딱하기 싫었어. 아니, 할 힘이 없었어. 휴일은 머리가 너무 아파 간 것이 도서관이야. 이렇게 힘든 것을 아내에게 시키기 싫어서 아내는 오로지 전업주부로 애만 키우게 했는데…….

돈 때문에 아르바이트 간다면 아이들은 어떻게 하냐고 말렸어. 엄마가 일하러 나가면 아이들은? 엄마 없이 집에만 있어? 유치원에서 다른 아이들은 다 가는데 자기만 남아 엄마를 기다려? 아이들 정서에도 안 좋잖아. 아내가 아이들과 떨어져 돈 벌어온다는 것이 싫었어.

내가 조금만 더 노력하면 되니깐, 내가 조금 더 안 쓰면 되니깐 아이들은 엄마와 함께 있는 게 더 좋다고 다니지 않게 했는데. 지금에 와서 독박육아했다고 하면……. 너무 억울해. 나도 힘들어서 쉬고 싶고 놓고 싶었다고……. 김 검사관은 모를 거야, 내가 얼마나 치열하게 살아왔는지…….”

선배는 언제나 이 부분에서 목이 메고 목소리가 떨렸다. 이럴 때마다 선배는 잠시 쉬든지 고개를 떨군 채로 눈물을 훔치고 다음 이야기를 시작했다.

“나도 아이들과 함께하는 시간을 안 갖고 싶은 줄 알아? 나도 갖고 싶었어. 하지만 직장이 허락해주지 않는 것을 어떻게 해? 가족이 함께 누울 수 있는 집 한 채는 얻을 전세금은 마련해야 하는 것 아니야? 처음으로 전셋집 얻었을 때 큰딸이 이 집은 방에서 뛸 수도 있다고 좋아하며 뛰는 모습을 본 아빠가 어떻게 해야 하는데? 그렇게 좋아하는 딸의 모습을 본 적 없는데 아빠가 어떻게 해야 하냐고? 아이들이 고등학교 다닐 때는 한 아이당 이백만 원씩 학비가 들어갔어, 당장 이혼하기 전에도 생활비가 모자란다며 투덜대고는 독박육아라 하면 어떻게 해? 난 우리 가족을 살리기 위해 뛰어왔는데. 100%, 150%로 뛰어왔는데.”

선배는 연이어 고부갈등에 관해 이야기했다.

“어머니 찾아뵙는 것, 일 년에 한두 번이야. 명절하고 제사 지낼 때. 그것도 어머니가 제사상 다 봐놔. 몸만 와서 제사 지내고 설거지하면 끝이야. 갔다 오면 며칠간 화가 나 있어. 안부 전화도 안 했어. 나도 그런 것 바라지 않고 내가 전화했어. 그런데 하는 말이 왜 그리 자주 시댁에 가냐 하고, 돈을 많이 보냈다는 거야. 김 검사관 알잖아, 내 월급 다 아내 통장으로 들어가는 것. 돈 한 푼 없이 생활하는데 내가 어떻게 어머니께 용돈을 드려? 이 나이 될 때까지 용돈 못 드린 것도 죄송한데.

한번은 어머니 귀가 안 들려 수술해야 하는데 수술비용이 백오십만 원이야. 그래서 이 돈 좀 달라고 하니깐 얼마나 크게 소리를 지르는지. 아이들과 가족을 유지하기 위해 참았어. 이때부터 초과 근무하고 출장비는 따로 모은 거야."

선배는 담배를 쭉 빨고 길게 내뿜었다. 연기는 선배의 얼굴 주름을 따라 흐르다 사라졌다.

언젠가 선배가 오공본드를 구하러 사무실로 왔던 적이 있었다. 무엇 때문이냐고 물어보니 대답 대신 신발을 벗어 보여주었다. 신발 밑창이 덜렁덜렁 뜯겨 있었다. 앞코와 뒷부분도 속 천이 훤히 보이게 해져 있었다.

"새로 사는 게 나을 것 같아요."

내가 말했다.

"이렇게 하면 더 신을 수 있는데 돈 쓸 일 있어?" 하며 밑창에 접착제를 발라 고쳐 신고는 "나중에 봐~." 하며 손을 흔드는 특유의 제스처와 미소를 남기고 갔다.

선배는 산림청 산림항공본부가 정비복을 많이 주어 옷 살 필요가 없어 좋다고 했다. 내가 선배를 기억하면 떠오르는 것은 언제나 기름 묻은 정비복에 초라한 신발이었다. 한 푼도 없는 용돈에 출장비와 시간 외 수당을 모아서 전 형수가 좋아하는 금반지, 금팔찌를 사며 요번 주말에 아내에게 선물해줄 거라고 자랑했다.

씁쓸했다. 나란히 앉아 같이 한숨만 쉬었다. 통장을 아내에게 맡긴 남자들이 무슨 돈이 있다고. 아내에게 지은 죄라면 열심히 살아온 죄밖에 없다.

"여자들은 '시' 자가 들어가면 무조건 싫나 봐. 어머니에 관해 이야기하려 하면 소리 지르고 짜증부터 시작이야. 이야기가 아예 안 돼. 이런 이유로 장모님 댁에 더 많이 갔어. 가면, 먼저 '어머님, 사위 왔어요.' 하며 장모님 안아드리고 군에서 배운 기술로 머리 손질하고 염색해드렸지. 이혼할 때 장모님께 전화하니깐 울기만 하시더라고. '우리 사위' '우리 사위' 하시던 분인데.

장모님과 처제 전화번호, 싹 다 지워버렸어. 언젠가 모르는 전화가 와서 받아보니 처제더라고. 울먹이며 미안하다고 하고 끊더라고. 갈 때마다 '오빠가 생겨서 좋다'고 했는데. 지금도 간혹 장모님하고, 처제들이 보고 싶어."

선배는 고개를 숙인 채 스마트폰을 만지작거렸다.

한참을 그렇게 있다 고개를 들었다.

멍하게 하늘을 바라보았다.

동료들을 오래간만에 만나면 미소와 함께 안아서 반기는 선배의 버릇을 알고 있는 나는 선배가 장모님과 처제에게 어떻게 했을지 눈에 훤했다.

"대기업 복장 규율이 군대보다 더한 것 알고 있어?"

선배는 얼굴을 굳히며 말했다.

"나의 이미지가 곧 회사 이미지라 머리부터 발끝까지 복장을 엄격하게 관리하지. 아침에 일어나면 팬티와 와이셔츠가 다림질되어 있어야 했어. 옷을 입고 누룽지 밥을 먹고 바로 출근했어. 이게 루틴이야. 전 형수가 힘들었을 거야. 이렇게 하는 여자가 어디 있어. 남자가 설거지도 못해, 빨래도 못해, 아침에는 다림질한 양복과 팬티, 와이셔츠까지 반드시 다려져 있어야 하고 누룽지 밥까지. 나만 보면 숨이 막힌다고 한 것이 이해 가."

선배는 고개를 떨구었다.

내가 말했다.

"선배가 하고 싶어서 한 게 아니잖아요. 대기업에서 살아남기 위해서는 그렇게 할 수밖에 없었잖아요. 이에 따른 과실은 모두 형수님이 받은 거고요. 그렇게 많은 것을 주는데 도리어 이해해주고 보살펴줘야 하는 것 아니에요?

선배님, 제 아버지는 막노동하셨는데 새벽 여섯 시 어쩌다가는

네 시에도 나가셨어요. 그러면 어머니가 일어나서 아버지 식사를 어떻게든 챙겨드렸어요. 아버지도 안 넘어가는 밥을 어머니 생각해서 억지로 먹고요. 피곤함에 찌든 아버지, 그런 아버지를 안쓰럽게 쳐다보며 하나라도 더 드시라고 챙기는 어머니. 그런 두 분의 모습이 아직도 생각나요. 그러면서 어머니는 '아빠가 쓰러지면 안 되는데.' '아빠가 건강해야 우리 가족이 살 수 있어.' 하고 말씀해주셨어요. 가족을 위해 몸을 돌보지 않고 헌신하는 아버지 그리고 그런 아버지를 존경하며 돌봐주는 어머니, 그런 두 분의 헌신으로 우리 가족이 살 수 있었던 거잖아요.

선배 가족도 봐요, 선배가 아니었으면 하나도 누리지 못했을 거잖아요. 선배가 형수에게 뭘 잘못했죠? 도박을 했어요? 바람을 피웠어요? 술을 먹고 다녔어요? 기껏해야 담배 피우고 다녔던 거예요, 그리고 살기 위해 도와달라고 했을 뿐이고요."

선배는 마지막으로 잠자리 거부 이유 중 하나를 설명했다.

"당신하고 하면서 한 번도 느껴본 적이 없어."

남자로서는 맥 빠지는 이야기다. 이혼할 때 서로에게 상처 주는 말을 한다지만 너무나 큰 상처를 주었다.

이혼 후 정신없는 상태에서 선배는 비뇨기과를 찾았다.

"조루 성향이 있네요."

진단을 마친 의사는 간단한 시술로 치료해주었다. 이렇게 간단한 것을, 말했으면 같이 해결할 수 있었던 것을, 기다려주고 잡아주었으면. 선배는 시술받은 날 또 형수만 오려버린 가족사진을 보며 울었다고 한다.

이제는 다시 만들 수 없는 가족을 그리며 울었다고 한다.

목 놓아 울었다고 한다.

부부관계 거부로 대표되는 여러 가지 형수의 불만 사항에도 선배는 내가 열심히 하면 아내가 언젠가 알아줄 거야, 내가 사랑하면 되잖아 하는 심정으로 직장 생활에 더 몰입했다. 없어도 아내가 사랑해주던 그때를 생각하며, 아내의 안 좋은 점을 애써 외면했다. 이렇게 기다리는 것이 사랑을 돌려놓는 길이라 생각했다.

물론 선배의 모든 월급은 형수 통장으로 들어갔다.

어긋난 바람이었을까, 형수의 행동은 바뀌지 않았다.

"어, 저거 형수 아니에요?"

밤 열 시, 접대를 마치고 가는 길. 후배가 도로 반대편을 가리키며 말했다. 중년 남성이 술에 취해 몸을 가누지 못하는 한 여자를 부축하며 걷고 있었다. 오른손은 여성의 가슴에 가 있었다. 자세히 보니 아내였다.

분노가 선배의 두 눈을 가렸다. 선배는 왕복 팔차선 도로를 뛰어넘어갔다.

"끽!"

"빵! 빵!"

급정거를 한 차들이 경적을 울려댔다.

놀란 남성은 형수를 놓고 도망쳤다. 형수에게 무어라 할 법도 했지만 선배는 아내를 안고 그냥 묵묵히 집으로 돌아갔다. 안 다치고 몸 건강히 돌아온 것이 다행이라 생각했다.

이런 일이 한두 번이 아니었다. 형수는 일주일에 네 번은 만취 상태로 자정을 넘겨 들어왔다. 언제 올까, 속 썩으며 기다리는 것이 다반사였다. 또한 형수의 술자리에는 다른 남자들이 있다는 것을 알기에 더 불안했다.

직장 동료들이 밤거리에서 만취해 외간 남자와 걷는 형수를 목격하고 선배에게 이야기해주었다. 떨어지면 낫지 않을까?

대기업을 그만두고 산림청 산림항공본부 정비사로 이직했다. 원주와 무진, 세 시간 거리. 떨어지면 좀 더 애틋해지려나. 그것은 변명이었다. 떨어진 것은 형수가 밤에 남자들과 술 먹고 늦게 들어오는 것을 더는 지켜보기 어려웠기 때문이었다. 그것은 고통이었다. 가슴이 썩어들어가는 느낌이다.

산림청에서의 첫 배정은 원주의 산림항공본부. 주말부부를 시작했다. 집에는 그랜저가 있었다. 아내는 전업주부였지만 차가 필요하다고 했다. 작은 경차를 사서 주려고 했더니 못 타겠다고 했다.

할 수 없이 선배가 삼백만 원에 17만 킬로를 뛴 2013년식 하얀 아반떼를 구매했다.

일 년에 한 번씩 아내의 차를 손봐주기 위해 오일을 교환하러 정비소에 가서 보면 연 주행 거리가 기껏 이천 킬로다. 자신의 차는 일 년에 이만을 넘어가는데, 아내는 무엇이 그렇게 필요했을까? 이 차도 낡았다고 새 차를 구매해달라고도 했다. 진정 그게 필요할까? 남편은 어떻게 살고 있는지 궁금하기나 할까?

주말 부부로 오 년을 살았다. 아니 오 년을 버텼다는 것이 더 정확한 표현이었다. 주말에 갈 때마다 아내의 얼굴이 바뀌었다. 얼굴이 바뀌었다는 것은 무엇을 의미할까? 사각턱이 브이라인으로 바뀌고 없던 쌍꺼풀이 생겼다. 시간이 지날수록 예뻐졌다. 또한 손목의 팔찌는 더 굵어지고 서랍장의 귀금속은 늘어갔다.

남편은 정비화 밑창을 접착제로 수선해서 신고 다니는 것을 알까? 일 년에 한 번이지만 십만 원짜리 운동화 사기도 겁나서 이월 상품을 골라 그중에 제일 싼 것을 골라 사는 것을 알기나 할까?

떨어지면 서로 애틋해져 관계가 나아지겠지 하는 생각은 여지없이 빗나갔다. 옛말에 몸이 멀어지면 마음도 멀어진다고 하지 않았는가? 아내와의 대화는 더 없어지고 더 냉랭해졌다. 다시 합치기로 했다.

아내와의 관계를 회복하기 위해서도 있지만, 오 년의 주말부부

생활로 심신이 지쳐 있었다. 서로 부딪치지 않는 내 집에서 맘 편히 쉬고 싶었다. 집이라는 아늑함이 그리웠다.

정비과장님을 열 번 정도 찾아뵈었다. 조정 끝에 무진 산림항공 관리소로 전입이 결정되었다. 아내가 있는 청주와 오십 분 거리다. 기쁜 마음에 선배는 바로 형수에게 전화했다.

돌아오는 대답은 이랬다

"무진 산림항공 관리소에는 관사가 없대? 같이 사는 건 좀 그런데, 내가 마음 준비가 안 되어 있어서. 마음 준비를 할 시간이 필요하니깐 시간 좀 줘. 그동안 잠시 다른 곳에서 출퇴근 좀 해."

선배는 그냥 전화기를 내려놨다. 듣지 않은 것처럼 외면했다.

무진 산림항공관리소에 온 지 한 달. 기한이 다 된 산불진화 헬리콥터 로터 교환 작업을 하고 있었다. 호이스트로 로터를 내리는데 전화가 왔다. 받지 않으려 했지만 계속 울려댔다.

부재 중 전화 열한 통. 모르는 곳에서 온 전화였다. 선배는 발신 버튼을 눌렀다.

전화를 건 사람이 여자였다. 형수가 만나는 상간남의 아내였다.

불륜.

선배는 형수를 찾아갔다.

싸웠다.

형수는 부끄러워하지도 않았다.

해답이 없었다.

선배는 불륜남의 아내를 찾아가 무릎을 꿇었다.

다시금 아내와 상간남을 만나지 않게 하겠다고 각서를 쓰고 나왔다.

죄송하다고 말했다.

그 주 주말, 민수원 선배는 전 직장에서 같이 일했던 유 선배를 찾아갔다. 칠 년 전 이혼해 혼자 사는 선배였다. 유 선배의 이혼 사유도 아내의 불륜이었다.

마음속 이성과 감정이 요동치고 있어서 힘들었다. 어떤 결정을 하고, 행동해야 할지 갈피를 잡지 못했다. 유 선배는 해답을 알고 있을 거라 생각했다. 만나보면 요동치는 마음이 가라앉아 괴로움이 사그라들 것으로 생각했다.

약속 시각.

유 선배는 약속 장소인 중앙호수공원의 벤치 앞에서 유모차를 밀고 있었다. 수령이 오십 년 이상 된 아름드리 은행나무가 이들의 그늘이 되어주고 있었다. 둘은 벤치에 앉았다. 유 선배가 말했다.

"눈감고 살아."

민수원 선배는 고개를 돌려 유 선배를 보았다.

"너, 헬리콥터 이 바닥이 어떤지 잘 알잖아. 봄 산불 대기기간이 6개월, 가을 산불 대기기간이 3개월이야. 총 9개월 동안 주말이 없는 건 물론이고 휴일도 없이 나가 살아야 해. 산불 대기가 끝나면 방재니, 철탑 공사니 하면서 밖으로 불려 다녀야 해. 일 년 동안 집에 몇 번 들어가겠어? 어떤 선배가 말하더라. 집에 들어간 횟수를 세어보니 삼십 일이라고.

아내의 행동이 불륜을 저지르는 거라고 확신하지만 다들 눈감고 사는 거야. 아이들이 있잖아. 엄마가 있어야 할 것 아니야. 가족이라는 것을 깨고 싶지 않아서 그냥 장님으로 사는 거야. 남편이 왔을 때, 대놓고 남자 만나러 가도 그냥 못 본 척하는 거야. 그게 민간 헬리콥터, 이 바닥 현실이야. 열 명 중 일곱은 이렇게 살고 있을 거야. 그냥 참고 살아. 눈감고 살아."

둘은 나란히 벤치에 기대어 담배를 피웠다. 유 선배는 아이에게 담배 연기가 가지 않도록 유모차를 바람 방향 쪽으로 밀었다.

"유 선배님, 이 아기는 누구 아기예요? 어울리지 않게 유모차를 밀고 오셨어요?"

민수원 선배가 물었다.

"후~."

가볍게 웃으며 길게 담배 연기를 뱉은 유 선배가 유모차를 살살 흔들며 말했다.

"네 전 형수 아기야."

"네?"

민수원 선배는 기억하고 있었다.

유 선배의 형수가 상간남과 바람을 피워서 그 고통에 선배가 얼마나 몸부림쳤는지. 괴로움에 하루하루 몸무게가 빠지는 것을 옆에서 지켜봤다. 마치 말라 비틀어져 좀비가 되는 것 같았다. 일 년간 같은 부서로 함께 작업했는데도, 유 선배는 자기와 같은 부서원이라는 것을 몰랐다. 고통에 몸부림치다 보니 이 년여의 기억이 통째로 사라진 것이다.

인생에 큰 고통을 준 형수의 아기를 유 선배가 봐주고 있었다.

“일월인가? 딱 육 개월 전이네. 갑자기 네 전 형수가 아파트에 찾아왔더라. 아기 좀 두 달간만 봐달라고 하더라고. 전에 사귀었던 남자 친구가 떠나버렸대. 오갈 데 없는데 아기 좀 봐달라는 거야, 그래서 이렇게 아기와 사는 거야.”

“풋.”

민수원 선배는 헛웃음이 나왔다.

“그러니깐, 이 아기가 전 형수와 상간남, 그 녀석 아기라는 거죠? 선배는 화가 나지도 않아요?”

유 선배는 웃으며 아기의 유모차만 앞뒤로 밀었다.

“그래도 네 전 형수가 오니깐 좋더라. 아직도 사랑하나 봐.”

‘엉?’

민수원 선배 입이 저절로 벌어졌다.

"두 달만 봐달라고 하는데, 벌써 육 개월이 지났잖아요? 또 출근할 때 아기는 누가 봐요?"

"아주머니 한 분을 고용했어. 한 달에 이백만 원이야. 두 달이 육 개월이 되어도 좋아. 아기가 오니깐 집에 가는 맛도 느껴지고. 아기 눈 잘 봐봐. 쌍꺼풀이 예쁘게 있지? 네 전 형수 눈이야. 예쁘지 않아? 네 전 형수가 웃을 때 참 눈이 예뻤는데."

민수원 선배는 아기의 눈을 봤다. 말똥하게 뜬 눈에 쌍꺼풀이 예쁘게 자리 잡고 있었다.

"육 개월 동안 많이 컸어. 돌도 안 된 것 같은데 딸이라 걸으려고 해. 재미있어."

누가 시키지 않았는데 민수원 선배와 유 선배는 동시에 담배불을 붙였다. 그리고 동시에 담배를 길게 빨고 연기를 내뿜었다.

연기가 구름이 되었다.

바람에 구름이 무너졌다.

행복했던 그들의 추억도 사라졌다.

추억은 구름이 되어 사라졌다.

연기의 구름은 그들의 행복한 추억이고 동경하는 미지의 꿈이리라.

유 선배를 만나고 온 날, 민수원 선배는 형수에게 경고했다. 내가 이해해줄 수 있는 것이 이번이 마지막이라고. 나에게 그 놈팡이 만나지 않겠다고 약속하면 용서하겠다고. 이런 말 하는 중에도 민수원 선배는 속으로 빌었다.

'제발 안 만나겠다고 약속해줘, 제발.'

약속했다.

그리고 약속은 여지없이 깨졌다.

그날은 우리 정비팀이 무진 1호 150시간 주기 정비를 수행한 날이었다. 전 정비팀 네 명이 달려들어 정비를 수행했다. 15킬로그램의 키만 한 토큐렌치를 어깨에 메고 3.5m 높이의 항공기를 오르고, 드럼통 하나 분량의 윤활유를 빼고 넣었다. 덩치가 큰 만큼 모든 게 크고 무거웠다. 정비를 끝내자 지쳐서 그 좋아하는 담배를 피우러 가지도 않았다. 그저 누워 온몸에 흐른 땀을 말리고 있었다.

무진 1호 담당 정비사였던 민수원 선배는 작업공정에 따라 자재 수급과 서류작업을 병행해야 했기에 정신적으로도 지쳤다.

다시 말하지만, 그날은 민수원 선배가 정신적으로나 육체적으로 지쳤던 날이었다.

선배는 아무도 없는 집에 들어가 몸을 뉘었다. 밤 열 시가 되어도 형수는 집에 오지 않았다. 선배는 잠을 잘 수 없었다. 신경이 곤두서 있었다. 속이 쓰라렸다.

"삐리리."

"여보세요."

"자기야, 살려줘."

"뚝."

다급한 아내의 목소리. 선배의 심장은 빠르게 뛰었다.

경찰에 연락했다. 경찰은 움직이지 않았다. 다급한 마음에 아내가 자살하러 갔다고 거짓말을 했다. 위치추적으로 아내의 위치를 찾았다.

구급차와 경찰차가 사이렌을 울리며 마지막 발신 지점으로 출발했다.

경찰과 함께 아내를 찾던 중 회색 아스팔트 위에 떨어져 있는 아내의 스마트폰을 찾았다. 아내가 좋아할 것 같아서 석 달 전에 바꿔준 삼성 최신 모델이다. 주변을 비추자 아내의 파란색 샤넬 백이 길거리에 널브러져 있었다. 안의 작은 화장품들이 쏟아져 어지러이 흩어져 있었다.

손전등으로 주위를 비췄다. 샤넬 백에서 얼마 떨어지지 않은 곳에 아내의 빨간색 하이힐 한짝이 있었다. 그리고 연이어, 또 다른 한짝이 있었다. 그 방향에 작은 담이 있었다. 아직 공사가 끝나지 않은 아파트가 있었다.

공사장 안으로 들어가 담 밑을 비춰보았다. 그곳에 아내가 있었다. 비좁은 공간에 몸을 밀어 넣고 울고 있었다. 눈물 콧물 범벅이 되어 울고 있었다. 마스카라와 입술의 루주가 번져 있었고 스타킹의 올은 다 나가고 회색 정장의 상의는 벽을 넘느라고 가슴 부위가 찢겨 있었다.

형수는 울고 있었다.

"자기야, 엉! 엉!"

형수는 선배 가슴에 안겨 울었다.

경찰서에서 어떻게 된 일인지 형수가 이야기했다.

옆에서는 듣는 선배는 괴로웠다.

아내는 만나지 말라는 상간남을 만나서 또 몸을 못 가눌 정도로 술을 먹었다. 그리고 모텔로 향하던 중 상간남의 아내를 만났다. 상간남의 아내는 형수를 때리고 발로 차고 길거리에 패대기쳤다. 형수는 죽을 것 같은 공포에 도망쳤다.

그 와중에 찾은 것이 선배였다.

선배는 형수와 함께 집에 왔다. 분노가 목구멍을 통해 넘어왔다. 숨을 쉴 수 없었다. 살려고 골프채를 휘둘렀다. 부서지는 텔레비전, 제습기, 진공청소기. 휘두르는 골프채를 따라 손으로 전해지는 느낌이 분노를 줄여주었지만, 실망감은 잠재울 수 없었다.

"이혼해줘."

다음 날, 형수는 선배에게 말했다.

"자기와 떨어져 사는 것이 내게 더 행복할 것 같아. 제발 이혼해줘."

선배는 형수를 사랑했다.

진정 사랑했다.

선배는 이혼해주기로 결심했다.

너무 괴로워 더 이상 살 수 없을 것 같아서였다. 선배는 마지막으로 형수와 이혼 여행을 갔다. 형수는 신혼 초처럼 선배 손을 다정하게 잡아주고 파도치는 모래사장을 함께 걸었다. 평소처럼 짜증 내지도 않았다.

뒤따르던 발자국이 파도에 지워졌다.

선배는 마음이 아팠다.

아내를 사랑했다.

선배는 마지막 부탁을 했다.

"이혼해도 생각날 때 전화해도 돼?"

"응, 전화해도 돼."

선배는 전 형수의 손을 꼭 잡았다.

한 달 뒤, 법원의 판사는 선배와 형수의 이혼을 허락했다.

그리고 판사가 주는 서류.

법원에서 받은 서류를 주민센터에 제출하기만 하면 법적으로 완전한 남남이다. 선배는 현실이 믿어지지 않아 법원에서 받은 이혼 서류를 주민센터에 제출하기를 주저했다. 하루라도 더 미루고 싶었다. 반면, 전 형수는 당일에 제출했다.

선배는 가족이 떠난 어두운 방 한가운데서 홀로 앉아 눈물만 흘렸다.

일어나려 하지만 일어날 수 없었다.

잠을 자려 하지만 잠을 잘 수 없었다.

생각하지 않으려 하지만 생각하지 않을 수 없었다.

가족을 위해 뛰어온 이십 년의 세월, 기쁨과 환희의 순간이 모두 악몽으로 변했다.

기억은 서서히 선배를 잠식해 들어갔다.

선배는 그리움을 참을 수 없음에 전 형수에게 전화를 걸었다.

"왜 전화 걸었어! 이제 남남이라는 것 잊어서 전화 걸지 마!"

"뚜~."

이혼 여행과 법원에서 이혼 판결을 받기까지 했던 전 형수의 행동은 모두 거짓이었다. 합의 이혼은 반드시 판사 앞에 둘이 가야 한다. 전 형수는 법원에 선배를 데려가기 위해 거짓된 약속과 행동을 한 것이다. 진실한 사랑을 구하는 자에게 가짜 사랑을 판 것이다. 아내의 행동이 진실한 사랑이라고 믿었던 순진한 남편을 아내는 철저히 이용한 것이다.

이 사실을 깨닫자 배신에 몸부림쳤다.

치를 떨었다.

죽고 싶었다.

이혼은 현실이다.

선배는 미약하나마 정신을 차리고 주변을 정리해보았다. 직장 생활 중 구매한 아파트 한 채는 전 아내가 이혼하기 한참 전에 팔아버렸다. 한 달 사이에 아파트값이 두 배가 되는 시기였다. 이때 갑자기 싼값에 처분했다. 그때는 이해가 안 갔는데 이혼을 하니 알 수 있었다. 재산 분할을 쉽게 하기 위해서였다는 것을. 모든 게 계획된 행동이었다.

선배는 췌장이 안 좋아 보험사가 보험 가입을 거부해 결혼 후 전 형수 이름으로 가입한 보험을 어떻게든 유지해야 했다. 이혼했으니 계약자를 형수에서 본인 이름으로 바꿔야 했다.

보험회사를 찾아갔다. 상담원이 말했다.

“아내께서 보험 납부금으로 대출을 다 받으셔서, 보험을 유지하시는 것보다 해지하시는 것이 더 이익입니다.”

당황했다. 더는 서 있을 힘도 없었다. 남은 것이 없었다. 오십 년 된 낡은 아파트에 쑤셔 넣어진 자신밖에 없었다.

“흑흑.”

방 안에서 쉴 새 없이 울었다.

과거를 잊으면 이 고통에서 벗어날 것 같아 잊으려 했지만, 더욱 또렷해졌다.

저주받은 기억의 고통에서 벗어나기 위해 어긋난 선택을 하려고 했다.

하지만 끝까지 갈 수 없었다.

선배는 이렇게 하루하루 죽음을 그리며 살았었다.

여기까지 이야기하자 "수원이가 살아 있는 것이 용하구나. 자식 진작 이야기하지, 크." 하고 대현 선배는 미간에 검지를 대었다.

"내가 눈물이 난다."

선배는 낮게 저음으로 말했다.

[4]

"민수원 선배가 갑자기 찾아와 삼천만 원을 빌려달라고 했다는 거죠?"

"그래."

대현 선배는 내 말에 고개를 끄덕였다.

"그리고 어디 가느냐고 물으니깐, 안전항공팀장한테 간다고 하고 출발했다는 거죠? 확실하죠?"

나는 되물었다.

"그래, 그래서 우리가 산불현장통합본부로 가는 거잖아."

"산불현장통합본부에서 안전항공팀 팀장을 만나서 민수원 선배를 만났냐고 물어보면 수원 선배가 어디로 갔는지 알게 되겠죠."

나는 다시 운전대를 꽉 잡으며 말했다.

저녁 일곱 시쯤이었다.

무진 1호기가 들어오고 결함 수정 작업을 진행하고 있었다. 민수원 선배가 호스를 가지고 오면 오늘 밤 열두 시 전에 작업을 마무리해서, 예상대로 무진 1호기를 내일 임무에 투입할 수 있었다.

기대와 달리 본부에서 세 시에 출발한다는 전화를 마지막으로 선배는 아무 연락도 없었다. 이미 도착하고도 남을 시간이지만 선배는 오지 않았다. 엎친 데 덮친 격으로 산불로 기지국이 몇 개 소실되어 무선 전화가 불통이 되었다. 무선 전화기에는 통화권 이탈 표시만 떴다.

초조함에 연신 담배만 피웠다.

다른 검사관들은 조금 더 기다려보자고 했지만, 난 선배를 알기에 불안했다. 불안을 확신으로 만든 건 대현 선배의 전화였다. 군 선배인 대현 선배는 제대 후 트렌스 코리아 임차 헬기업체에 입사했고 우연히 무진과 인접한 가양에서 산불 대기를 하여 연락하고 지내고 있었다.

사무실로 대현 선배의 전화가 왔다.

"준호야, 수원이에게 무슨 일이 있는 거야?"

"왜요?"

"아니, 다짜고짜 나에게 와서는 돈 좀 빌려달라는 거야. 그것도 천만 원 단위로."

"왜 민수원 선배가 선배에게 가서 돈을 빌려요? 가져오라는 호스는 안 가져오고요."

"질문한 나에게 다시 질문하면 어떻게 해?"

"아직 안 왔는데 어디로 간다는 이야기는 안 했어요?"

"안전항공 팀장을 만나러 간다고 중얼거리면서 가더라고. 눈이 풀려 있고 걸음걸이도 비틀거리고 있었어. 걔한테 무슨 일이 있는 거야?"

"안전항공팀장을 만나러 갔다는 거죠?"

"안전항공팀장이 어디 있는데 만나러 간다는 거야?"

"선배 전화 끊어요. 저 지금 산불현장통합본부로 출발해야겠어요."

"왜?"

"산불현장통합본부에 있는 안전항공팀장을 만나서 민수원 선배와 만났는지 물어봐야죠. 지금 무선 전화 통화가 안 되니 찾아가 물어봐야 하잖아요."

"그래. 야, 나도 같이 가자. 수원이에게 무슨 일이 생겼는지 궁금해서 안 되겠다."

난 2012년식 구형 모닝을 끌고 대현 선배가 있는 주기장으로 달려갔다. 트렌스 코리아 임차 헬기 주기장 컨테이너 사무실에서 뛰어나온 선배를 태우고 출발했다.

이렇게 우리는 산불현장통합본부로 가고 있었다.

이야기가 마무리될 때쯤 저 멀리 산불현장통합본부 천막이 보였다. 천막 주변으로 소방차, 산불진화차들이 어지러이 널려 있었다. 곳곳에 경찰관, 소방관, 노란색 민방위복을 입은 공무원들이 앉을 만한 곳을 찾아 몸을 눕히고 있었다. 일주일 동안 전투를 치르고 있으니 지칠 만도 했다. 이들이 앉는 곳이 곧 휴식공간이었다.

차를 소방차 옆에 주차했다.

내리려 하는 순간 "한 시간 휴식하고 다시 출발한다." 하는 소리가 들렸다. 공중진화대원들이었다. 군대에 비유하면 소방관, 경찰관은 후방의 질서를 맡는 헌병이고 공무원들은 사무, 보급과 시설을 담당하는 공병부대이며 공중진화대원들은 최전방 전투 부대라고 할 수 있다.

검댕이 묻은 옷과 얼굴 때문에 그들의 헤드라이트가 없었다면 어둠에 묻혀 사람이라고 알아볼 수 없을 정도였다. 그들은 삽과 곡괭이들을 세워놓고 누울 곳을 찾아 쓰러졌다. 일부는 목마름과 허기에 물과 김밥을 찾으러 갔다. 발걸음이 무거웠다.

천막을 살짝 열어 안을 보았다. 권역 지도를 들여다보고 있는 안전항공팀장이 있었다.

"팀장님."

작은 목소리로 몰래 불러냈다.

"어찌한 일로?"

언제나 주변 분위기를 환하게 하는 팀장답게 능청맞은 웃는 얼굴로 말했다. 하지만 눈꺼풀이 반쯤 내려앉아 있었다. 잠은 주무셨어요? 하고 물으니 이렇게 대답했다.

"제가 산불 상황을 보며 진화대원들을 투입해야 하는데, 진화대원들이 교대로 투입되기 때문에 잠을 잘 수가 없더라고요. 일주일 내내 삼십 분씩 조각 잠을 잤어요. 그래서 괜찮아요."

특수부대원 출신으로 150kg의 군장을 메고 천리행군을 한 체력의 소유자지만 연이은 전투에 지쳐가고 있었다. 또 다른 적 잠과 싸우고 있었다.

내가 물었다.

"민수원 선배 오지 않았어요?"

"저한테 와서 긴급히 쓸 돈이 필요해서 그러니 돈 좀 빌려달라고 해서 빌려줬어요."

"그 후에 어디 간다고 이야기는 하지 않았어요?"

"막내 동욱이가 어디 있냐고 묻더라고요. 그래서 가르쳐줬죠."

"그럼, 동욱 주무관은 어디에 있어요?"

"제가 a-3 지역으로 이동하라고 해서 거기로 갔을 거예요."

"큰돈 빌려준다고 형수님께 혼나지 않아요?"

"에이, 뭘 그런 것 가지고 그래요? 와이프한테 돈 좀 쓰겠다고 하면 되지!"

안전항공팀장은 크게 웃었다.

대현 선배와 안전항공 팀장에게는 공통점이 있다.

둘 다 1960년대생으로 형수와 사이가 좋다. 직업 특성상 가족과 떨어져 있지만, 형수가 남편들을 끔찍하게 위한다는 것이 공통점이다.

대현 선배와 안전항공팀장은 민수원 선배에게 목돈을 빌려줄 때 형수와 상의했겠지만, 형수들이 흔쾌히 따랐다. 그만큼 형수들이 남편을 신뢰한다. 일이 끝나고 형수들과 전화하는 것을 보면 무척 부럽다.

만약, 민수원 선배가 나에게 부탁했더라면?

나는 부탁을 들어줄 수조차 없다.

1970년대생 아내들에겐 말도 꺼낼 수 없다.

1970년대생 아내들은, 민수원 선배의 전 형수처럼 다들 전업주부를 하면서도 독박육아로 힘들다고 한다. 아내가 직업전선에 나가 고생하는 것이 안쓰럽고 엄마랑 떨어져 있는 아이들의 정서를 위해 엄마가 집에 있게 하도록 몸 바쳐 일했는데 돌아오는 것은 원망뿐이다.

1960년대생 아내들의 좋은 남편 기준은 그저 바람 안 피우고 술 담배 하지 않고 성실하게 집안 경제를 유지하는 남편이면 되었다.

반면, 1970년대생 아내들은 돈을 많이 벌어오는 것은 기본에 설거지하고 빨래하고 아이들까지 돌보는 것까지 요구한다.

가정 경제를 위해 초등학교 2학년까지 아이들을 집에서 아내보고 가르치면 안 되겠냐고 하니 아내는 남들은 다 학원 보내고 쉬는데 자기는 아이를 가르쳐서 너무 힘들다고 한다. 적은 월급에 아이들 학원비까지 지출하면 남는 게 없다. 이렇게 하고는 남편에게는 아파트 평수가 작으니 더 큰 평수로 이사 가자고 노래를 부른다.

참다 참다가 아내에게 한마디 한다.

"내 월급 자기가 다 관리하잖아? 뻔한 것 알잖아? 자기가 어떻게 할 것인가 계획을 세워야지, 용돈도 없이 생활하는 나에게 말하면 어떻게 하라는 거야? 큰 평수로 갈지 자기가 고민해봐야 하는 것 아니야? 자기가 그럴 때마다 너무 답답하고 목이 죄어오는 느낌을 받아."

아내는 또 토라진다.

'독박육아.'

전업주부에게 독박육아라니?

나의 아내와 민수원 선배의 전 형수가 말하고, 1970년대생 남편들이 공통으로 듣는 말이 독박육아다. 과연 육아라는 것은 어떤 것일까? 왜 한국 여성들은 유독 이 육아를 싫어할까?

여성은 한 인간을 창조하고 그 인간이 사회인이 되도록 육아한다.

산업화하기 전까지는 육아를 아내와 아빠가 함께 수행했다. 아이가 스스로 걷기 시작하면 아들은 아버지와 함께 일하며 성인이 되어가고 딸은 엄마와 함께 일하며 성숙한 인간이 되었다. 아이가 성장하는 모습을 옆에서 지켜본다는 것은 무엇과도 바꿀 수 없는 행복한 일이다.

산업화는 남자에게서 육아라는 것을 빼앗았다. 자녀들과 떨어져 공장에 들어가 일을 해야지만 가족을 부양할 수 있었다.

육아를 빼앗긴 아버지들은 가족과 함께 있는 시간을 조금이라도 더 얻기 위해 더 많은 시간 동안 일하고 또 일했다. 선택이 아닌 강요에 의해서였다. 비약이라고 생각한다면, 1997년 IMF를 기억하기를 바란다. 많은 아버지가 직장을 잃고 길거리로 나왔다. 결과는 가족 해체였다. 이혼 사유 일 순위가 경제적 사유였다.

아버지들은 가족을 지키기 위해 더 높은 곳에 오르고 더 뜨거운 곳에 들어가고 더 무거운 짐을 들었다. 돈을 더 받기 위해 더 위험한 일을 했다. 산재 병원에 가보면 남성들밖에 없다. 다리가 잘리고 손목이 잘리고 떨어져 발목이 부러지고 황산을 뒤집어쓰고. 위험한 일이라는 것을 알지만 가족을 위해 안 할 수 없다. 가족을 위해서라면 생명도 걸 수 있다.

남편들 소원도 아이와 함께하는 것이다.

아이가 몸을 뒤집고, 네발로 기고, 일어나 첫발을 떼고 '아빠' '엄마' 하며 하는 순간을 함께하고 싶다. 하지만 아버지가 움직이지 않으면 퇴근 후 잠깐이나마 가족과 함께 있는 시간을 잃게 된다.

가족이라는 존재 자체가 사라진다.

남편도 아이와 함께하고 싶고, '사랑해.' 하며 다가오는 아이를 안아주고 싶다. 자신이 그토록 갈망하는 육아를, 아내에게만은 아이와 떨어지는 이런 고통을 갖게 하지 않기 위해 노력했건만 돌아오는 것은 독박육아라는 푸념이다.

재미있는 사실은 미혼 남성이 미래의 아내에게 바라는 것은 자기보다 돈을 더 벌어 자기가 전업주부가 되는 것이고, 영국 미혼 여성들이 원하는 직업 1위는 70%로 전업주부다. 영국은 사회 구조상 결혼하는 여성이 반드시 일해야 가족이 유지된다. 여자가 전업주부로 육아만 하는 건 돈 많은 사람이나 할 수 있는 낭만이다. 전업주부는 영국 여자들의 큰 희망이다.

아이를 하나의 인격체로 키우는 육아는 성스러운 일이다. 한국의 여성들은 성스러운 육아를 왜 그처럼 하대하고, 가족을 지키려고 노력하는 남편에게 왜 독박육아라는 프레임을 씌우고 괴롭히는 것일까?

그것도 아내와 자식을 위해 헌신하는 사람한테?

가족을 지키기 위해 혼자 외로이 떨어져 한 집에 세 명씩 거주하는 관사에서 지내는데, 오래간만에 쉬러 집으로 가면 돌아오는 것은 독박육아라는 아내의 푸념이고 원망이다. 아내가 차려주는 따듯한 밥이 간절한데.

같은 상황인데 1960년대생 선배들은 형수들에게 고생한다는 이야기를 듣고 왜 우리는 독박육아라는 원망을 들어야 할까?

안전항공팀장의 웃음이 부러웠다. 그리고 형수가 고마웠다.

"아니, 김준호 검사관이 여기 웬일이에요?"

돌아보니 조금 큰 키에 호리호리한 몸매, 머리는 조금 벗어지려고 하는 오십 대 후반 소장님이 서 있었다.

정년이 이 년밖에 안 남았지만, 훈시 때면 공무원으로서 자신의 역할에 최선을 다하라고 말씀하시는 뼛속 깊이까지 공무원인 분이다.

소장님 얼굴을 본 찰나의 순간에 어떻게 대처할지, 어떤 말을 할지 여러 생각이 떠올랐다가 사라졌다. 근무지를 벗어나 왜 여기까지 왔냐고 물으면 할 말이 없었다.

아무리 머리를 굴려도 답이 없었다.

제발 묻지 말라고 속으로 빌었다.

"안, 안녕하세요, 소장님."

애써 표정을 정리하고 인사드렸다.

"여기서 뭐 하는 거예요? 여기는 어두우니 일단 천막 안으로 들어오세요."

우리는 산불현장통합본부로 들어갔다. 보는 것과는 달리 안은 넓었다. 책상이 앞뒤로 붙어 있고 컴퓨터 작업을 하는 지자체 공무원들 몇 명이 있었다. 업무를 보지 않는 공무원들은 의자에 기대어 자거나 책상에 엎드려 자고 있었다. 한 공무원은 천막 한쪽에 야전 침상을 가져와 누워 자고 있었다.

"삐리리."

"네, 네."

전화벨 소리에 야전 침상에 자고 있던 공무원이 황급히 일어났다. 공무원은 손등으로 볼에 흐른 침을 닦고는 자신의 책상에서 서류를 뒤척이며 급히 무언가를 찾았다. 아직도 잠에서 벗어나지 못했는지 손이 이리저리 헤매고 있었다.

소장님 앞에 서서 머리를 짜내어 왜 왔는지 사연을 만들려고 하는데 대현 선배가 쪼르르 따라 들어왔다.

소장님의 양 눈썹이 올라갔다.

"여기 이분은 누구세요?"

"필승."

대현 선배는 갑자기 차려 자세를 하더니 경례를 올렸다. 군대에서 멋쩍은 자리에 가면 하던 버릇을 여기서 하고 있었다. '풋' 하고 웃음이 나올 뻔했다.

"무안시 임차 헬기, 트렌스 코리아 소속 담당 정비사입니다."

선배는 목소리를 내리깔며 진중한 표정으로 소장을 보며 이야기했다.

"여기 김준호 검사관 군대 선배입니다. 저, 저희가 온 것은 저희 임차 헬기가 내일 어디를 담당해야 하는지 물어봐야 하는데 연락이 잘 안 되어 지자체 담당 공무원에게 물어보니, 산불현장통합본부에 가서 물어보면 된다고 하길래, 제가 길을 몰라 김준호 검사관에게 같이 가자고 부탁해서 여기까지 왔습니다. 김준호 검사관은 제 부탁으로 온 것이니 이해 부탁드립니다."

"아, 예. 그런 일이 있었군요."

굳은 소장님 얼굴이 살짝 풀어졌다.

"아니, 이게 왜 제 일이냐고요? 제가 이것을 왜 해야 하는데요? 알지도 못하는데."

짜증 섞인 여자 소리가 천막 뒤편에서 들렸다.

"또 문제구먼. 잠깐 기다리세요. 일 처리 좀 하고 올게요."

소장님은 몸을 돌려 여자 목소리가 들리는 쪽으로 갔다. 그곳에는 오십 대 초반으로 보이는 여인과 비슷한 나이의 남자 주무관이 서 있었다. 여자는 팔짱을 끼고 씩씩대고 있었고, 남자는 입을 벌리고 멍하니 여자를 바라보고 있었다. 남자는 말 그대로 황당하다는 표정이었다.

소장님은 여자에게 다가갔다. 소장님은 표정을 싹 바꾸어 여자를 나무라기 시작했다. 거리가 멀어 무슨 말을 하는지 명확히 들리지 않았지만 몇 문장은 잘 들을 수 있었다.

"김미정 사무관, 사무관이면 산불재난 업무를 총괄해야 하는데 자꾸 모른다고, 안 해봤다고 밑의 주무관들에게 결정을 안 내려주고 지시를 안 해주면 일을 어떻게 해요?"

"제가 이 일을 해봤어야지요."

여자는 얼굴을 찡그리며 소장님의 말에 신경질적으로 대꾸했다.

"모르면 물어서라도 결정을 내려야지, 그냥 나 몰라라 하면 밑에 사람들은 어떻게 일을 해요? 지시를 안 내려줘서 주무관들이 알아서 했다가 잘못되면 주무관들에게 책임을 지라고 할 것 아니에요? 책임감 좀 느끼고 리더십이라는 것을 보여봐요. 저기 집도 못 들어가며 며칠 동안 고생하는 주무관들 안 보여요?"

"그러게요, 왜 여자가 여기 있는지 모르겠네요. 다른 여자 공무원들은 내려가서 집에서 대기하거나 사무실 근무인데 저만 왜 여기에 와 있는지 모르겠네요."

"이보세요! 그게 말이라고 해요? 당신은 5급 서기관이에요. 저 주무관들에게 모범을 보이고 이 힘든 산불이라는 재난에서 리더십을 보여야 할 자리의 사람이, 그것을 말이라고 해요?"

소장의 말에 천막 안에 있는 모든 사람의 이목이 이 둘에게 집중이 되었다.

여자 서기관은 털썩 의자에 앉고는 남자 주무관이 가져온 서류에 신경질적으로 사인을 했다. 볼은 탱탱하게 부어올랐고 입술은 쭉 삐져나와 있었다. 소장은 여자 서기관을 잠시 내려다보고는 우리에게로 걸어왔다. 아직 화가 풀리지 않았는지 얼굴은 빨갛게 달아올라 있었다.

"자, 앉으세요. 오래 기다리셨죠?"

소장님은 우리에게 앉으라 하고 차를 따라주었다.

"저, 무슨 일인지?"

대현 선배가 눈치 없이 소장님에게 물었다. 소장님은 자리에 앉으면서 말을 시작했다.

"저 사무관이 작년에 진급했는데, 실무 경험이 없어서 일을 모르니 책임을 안 지려고 자꾸 회피하고, 밑의 주무관들에게 일을 떠밀어서요. 아이 낳는 것을 탓하는 게 아니라 저 사무관이 8급일 때 아이 낳고, 육아 휴직을 삼 년 하고 와서는 근속 진급을 하고, 7급으로 승급되었을 때는 아이를 연이어 두 명 낳고, 육아 휴직을 해서 실근무 일 년 정도 근무하고 6급으로 승급하고, 세 아이를 키운다는 핑계로 매번 한가한 보직으로만 다녔거든요. 그래서 시간이 많아 진급 공부도 많이 하고, 이번 정권의 여성 친화 정책으로 선배들 제치고 저렇게 승급되었는데 책임을 안 지려고 하니 힘이 듭니다.

회피하려는 것은 이해해요. 뭘 알아야 할 것 아닙니까? 그리고 사람들을 이끌고 무언가를 해봤어야 리더십이 뭔지를 알 건데, 매번 자기만 배려해달라고 했으니 사람들을 이끌고 일을 할 수 있을까요? 모르면 물어보면서라도 해야 하는데 할 마음이 아예 없어요. 걱정입니다."

소장은 티스푼으로 커피를 젓다가 한숨을 내쉬었다.

"여자 공무원들이 많나 봅니다?"

소장님은 대현 선배의 물음에 의미심장한 웃음을 지었다.

"지방공무원 중에 여성 공무원 비율이 49.4%예요. 절반입니다. 절반, 두 명 중 한 명이에요. 더 웃긴 것 이야기할까요?"

소장님은 자신의 스마트폰을 열어 문자메시지를 우리에게 보여주었다. 산림항공본부 소속이었지만 지방자치단체의 메시지도 들어와 있었다.

'산불현장에 비상대기 중인 여직원 및 집결 중인 여직원은 귀가하여주시기 바랍니다.'

"보셨죠. 여직원들은 집으로 가랍니다. 두 명 중 한 명이 여자 직원인데 여자라고 빠져버리면 누가 일을 합니까? 남은 남자들이 그 몫을 수행해야 하는 것 아닌가요? 이렇게 남자들을 부려먹으면서 월급은 똑같이 주고 진급은 유리천장이라느니 하면서 여자가 고

위직에 없다고 할당해서 더 빠릅니다. 더 열심히, 더 헌신적으로 더 뼈 빠지게 일한 사람이 진급이 빠른 것이 바른 이치이지 않을까요? 지방자치단체 어떤 놈이 이런 결정을 내렸나, 여자한테 잘 보이려고 스윗남 노릇 하는 것 같아요.

저 김미정 사무관 불만이 그거예요. 다른 여자 공무원들은 다 산에서 내려갔는데 자기는 왜 여기에 있냐는 거죠. 그것도 밤을 새우면서요. 자신이 어떤 자리에 있는지 생각도 하지 않네요. 그저 그동안 대접받고 배려받은 것이 익숙해져서 자신이 희생, 아니, 희생도 바라지 않아요. 그저 월급만큼만 일하라 이겁니다. 막말로 그럼 소는 누가 키웁니까?

여자들이 무슨 장애인이에요? 여자들도 충분히 할 수 있는데 남자와 다르다고 차별을 두는 것은 잘못 아닐까요? 여성들은 불을 못 꺼요. 그럼 여기서 서류작업은 못 합니까? 여성단체들이 여성들을 장애인, 남자들보다 낮은 인종으로 스스로 평가하는데 분개하여 일어나 시위해야 하는 것 아닐까요? 제 말이 길어졌네요, 개똥철학 한번 말해보았습니다."

오래간만에 같은 나이대의 대현 선배를 만나서 그런지 소장은 거침없이 말을 쏟아냈다.

난 주변을 둘러보았다. 그리고 들어오기까지의 장면을 회상했다. 별달리 생각지 않았는데 소장님 말을 듣고 보니 남자들만 있었다. 오로지 남자들만 있었다.

여성 경찰은 노무현 대통령 때 25%, 이명박 정부 18.4%, 박근혜 정부 13.9%, 문재인 정부 25%를 의무적으로 뽑았다. 소방분야에서도 비슷한 수준으로 꾸준히 늘었고 2023년에는 20%다. 최소 열 명 중 두 명은 여자 경찰, 여자 소방관이다. 그럼 내가 이 산불현장 통합본부로 들어올 때 한 명이라도 볼 수 있었어야 했다.

문제는 이들이 다들 어디로 갔냐는 것이고, 지금과 같은 재난대비상황일 때 이들이 우리를 지켜줄 수 있냐는 것이다. 산불재난상황에 그들이 보이지 않는다는 것은 그들이 제대로 기능하지 못한다는 것이다.

우리나라는 미국과 달리 경찰, 소방관 시험을 볼 때 남녀가 체력시험을 다르게 본다. 여자에 대한 배려라고 생각한다. 우리는 우리의 신체와 생명을 보호해줄 경찰과 소방관을 원하는 것이지 여자 경찰, 여자 소방관이니깐 배려해주는 경찰, 소방관을 원하는 것이 아니다. 지금 우리는 산불이라는 재난을 맞았는데 그들은 우리를 보호해주지 못하고 있다.

그 많은 여자 경찰, 여자 소방관들은 대체 어디로 갔을까? 다들 상대적으로 몸을 안 쓰는 내근직으로만 갔다. 그럼 그 빈 자리를 누가 메꿀 것인가? 남자들이 대신한다.

경찰본부에서는 업무가 안 되어 여성 할당제를 다시 검토해달라고 건의했지만 돌아오는 것은 무시였다. 여성단체들은 여자들의 감성이 필요할 때고 몸으로 하는 일이 줄었기 때문에 가능하다고 여성들의 표로 정치인들을 압박했다.

그 결과는 어떠했을까? 2014년 일산경찰서 특진에서 남성 경찰은 삼 년 동안 죽을 고생을 하여 살인, 강도 형사범 390명을 검거해서 일 계급 특진했지만, 여자 경찰은 저체온 등산객에게 점퍼를 벗어줬다는 SNS 미담 하나로 일 계급 특진했다.

이게 말이나 되는가.

경찰 주 업무는 치안 업무다. 체력이 떨어지고 치안 업무에 능력 없는 여성 경찰들이 문제 되자 여성단체들이 이런 경찰들을 감성으로 치장하고 감싸안은 결과다.

여자 경찰들에게는 적극적인 치안 업무보다 어떻게 SNS 미담을 쌓느냐가 더 중요하게 되었다.

여성단체들은 여성들만의 특징인 감성을 강조한다. 딱딱한 남성들의 조직에 감성이 필요하다고 하는데 과연 여성들의 감성이 남성들보다 나을까?

난 여성들에게 따뜻한 감성을 느끼기보다 냉혈한 잔인함을 보았다.

이 년 전이었다. 산림청에 김예인이라는 스물한 살 9급 여자 주무관이 입사했다. 여성들은 여자는 얼굴만 예쁘면 인기 있다고 생각하는데 착각이다. 만일 여자가 얼굴만 예쁘고 몸매만 좋았다면 부담스러워 가까이 가지도 인사도 못 했을 것이다. 업무할 때 되려 부담스러운 존재다. 여자에게 호감이 가게 하는 것은 밝음이다. 내면에 쌓여 있는 바른 인격에 의해 나오는 행동, 표정에 사람들이 끌리는 것이다. 이것은 남자도 마찬가지다.

예인 주무관은 나이가 어리면서도 예의가 바르고 행동 하나하나가 조심스러웠다. 인사 하나를 해도 설렁설렁 하지 않고 진심을 담아서 했다. 그런 행동이 그녀를 더욱 빛나게 했다. 어리고 예쁜, 갓 들어온 주무관이 예의 바르게 인사하니 나이 많은 남성 선배들에게 무척 귀엽게 보였을 것이다. 물론 총각 주무관들에게는 더 인기였다.

청장님 간담회가 있을 때도 "예인 주무관, 뭐 건의할 것 없어요?" 하고 콕 찍어 꼭 물어볼 정도였다.

이런 관심이 그녀를 힘들게 했을 줄이야. 앞서 말했듯이 여성 공무원 비중이 절반이다. 지원과는 여초 사무실이다. 모든 남성의 관심이 예인 주무관에게 쏠리자 이를 시기하는 여자 몇몇이 나오더니 예인 주무관을 왕따하기 시작했다. 사무실에서 의도적으로 따돌리고 예인 주무관만 뺀 여자 단톡방을 따로 만들고, 모이면 예인 주무관이 어쨌느니 저쨌느니 하면서 음해하고 소문을 냈다. 예인 주무관은 점점 고립되어 갔다. 옆에서 봤을 때도 점점 말수가 적어지고 입사했을 때의 밝았던 표정이 점점 어두워지는 것이 보였다.

일 년이 지나 그녀가 선택한 것은 퇴직이었다. 다른 여자 공무원들이 이런 행동을 했음이 알려진 것은 예인 주무관이 퇴직할 때 퇴사 사유에 이 모든 것을 적었기 때문이었다.

또 얼마 전에 무진대학병원의 여자 간호사가 자살한 사건이 있었다. 조사를 해보니 간호사들 사이에 있는 태움이라는 악폐습에 의해 인격적으로 견디지 못해 잘못된 선택을 한 것이었다.

또, 이모와 어머니의 사연이 있다.

이모는 절실한 천주교 신자로 성당 안에서 친구로 사귄 친구의 추천으로 중소회사의 청소 용역으로 들어갔다. 종교로 맺어진 친구니까 같이 일하면 더 좋을 것 같다고 이모는 생각했는데 큰 오산이었다. 친구분은 자신이 몇 년 더 선배라고 이모를 호되게 몰고 청소 외에 쓰잘머리 없는 트집을 잡으면서 못살게 굴었다고 한다. 이모는 출근 시간이 되면 가슴이 쿵쾅거리며 뛰고 불안해져 약까지 먹었다고 한다. 이모는 차를 타고 가는 중에 하느님께 되려 이 친구를 축복해달라는 기도를 했다고 한다. 그런 이모도 결국, 간신히 일 년을 채우고 퇴사했다.

어머니는 아파트 청소 용역을 다니는데 두 여자가 서로 시기, 질투, 험담을 한다는 것이다. 어머니는 중간에 끼어 서로 이간질하고 욕하는 것을 듣는데 힘들어 죽겠다고 했다. 다른 분들도 문제가 있다는 것을 알지만 어찌 해볼 도리가 없어 이 둘이 있으면 가까이 가지 않고 피한다고 한다.

꼭 군대 내의 악폐습을 보는 것 같지 않은가?

그러나 이 사안은 군대 내의 악폐습과 완전히 다르다. 군대 내의 악폐습은 강제로 테스토스테론 넘치는 이십 대 남성들을 밀폐된 작은 공간에 가둬놓은 반작용으로 발생한다.

여자들이 하는 행위는 어떤 반작용 때문에 발생하는 것일까?

남을 괴롭히는 가학행위에 불과하다. 자신의 이익을 위해, 감정을 풀기 위한 도구일 뿐이다. 또한 군대 내 악폐습보다 더 큰 문제를 가지고 있다. 군 생활과 달리 한정된 기간이 없어서 지속적이고, 열린 공간에서 벌어져 더 은밀하고 더 가학적이다. 잘못되었다는 교육조차 받지 못해 자신이 잘못하고 있는 줄도 모르고 다른 이에게 습관적으로 반복적으로 한다.

여자 간호사들 사이에 이루어지는 태움이 이를 증명한다. 밀폐된 공간도 아니고 열린 공간에서 어떻게 저렇게 할 수 있을까? 어찌 저리 잔인해질 수 있을까?

이런 사례들이 있는데 여자들의 감성이 남성보다 우수하다고 말할 수 있을까?

여성들은 공감, 감성 능력이 많으므로 조직에 꼭 필요하다?

이것은 부풀려진 것이고, 만들어진 것이고, 여성 이익단체에 의해 세뇌된 것이다.

그리고 이 감성과 공감이 산불이라는 재난 상황에서 우리를 보호해줄 수 있을지 의문이다.

"민수원 검사관은 잘하고 있나요?"

대현 선배가 팔꿈치로 나의 옆구리를 쳤다.

'번쩍.'

소장님의 말에 현실로 돌아왔다. 어떤 말을 해야 할지.

"네, 열심히 일하고 있습니다."

존경하던 소장님에게 거짓말하는 것이 찔렸지만 상황이 상황인지라.

"어서 가야지요. 가서 정비해야 내일 항공기가 지원될 것 아니겠어요. 피곤할 텐데 일찍 가서 쉬고."

대현 선배와 나는 일어났다. 소장님은 친히 천막 밖까지 따라 나왔다.

"필승! 저희 가보겠습니다. 수고하십시오."

선배는 경례와 함께 목소리까지 깔며 인사를 했다. 나는 웃음을 참으며 선배의 허리를 잡아끌었다. 선배는 마지못해 끌려왔다.

우리는 차에 올라탔다. 차를 천천히 후진하면서 소장님이 다시 천막 안으로 들어가는 것을 확인했다. 천막으로 들어간 것을 확인한 나는 차를 산 쪽으로 돌렸다.

"준호야, 이제 어디로 가냐?"

"a-3로 가서 동욱 주무관을 만나야지요. 아직 통화권 이탈이지요?"

나는 핸들을 돌리며 물었다. 통화가 돼야지 수원 선배에게 전화할 수 있는데.

"그래, 통화권 이탈이다. 통신사 놈들은 돈 받고 뭐 하는 건지."

대현 선배는 창문에 팔을 얹으며 신경질적으로 중얼거렸다.

"야, 준호야. 소장님 보니깐 참 좋으신 분 같다."

"네, 좋은분이지요. 공무원의 표상이라고 할까요. 너그러우면서도 강단 있으시고. 사람들이 관사가 좁다고 하니 자기 관사 내주고 그곳으로 들어가시더라고요. 안타까운 것은 기러기 아빠로 혼자 외롭게 지내신다는 거죠. 가족들이 전부 미국에 있다고 하더라고요."

차를 돌렸다. 앞 창문 너머로 검은 산 둘레에 주황빛 선들이 구불구불 그려져 있는 것이 또렷이 보였다. 목표는 저곳이다. 나는 액셀러레이터를 밟았다.

"부우웅."

요란한 소리를 내며 차가 나아가기 시작했다.

[5]

"야, 야. 오른쪽, 오른쪽 턴."

모닝 헤드라이트 불빛으로 희미하게 길이 확인되었다. 길 옆 산비탈은 떨어지면 생사를 알 수 없을 정도로 깊었다. 불안한 대현 선배는 급하게 나에게 길을 가르쳐주었다. 차의 방향을 바꿨다. 나뭇가지가 내 쪽의 차창을 때렸다. 비포장도로인 임도를 거북이걸음으로 달려온 지 벌써 삼십 분째다.

임도.

2003년 동해안 대산불 이후, 울창한 산림에 접근할 수 없어 산불을 더 크게 키웠다는 판단에 산불이 번지는 것을 막고 차량으로 접근하기 쉽도록 전국의 산에 만들어진 임시도로. 길 형태만 있는 것이 태반이고 자갈이라도 깔려 있으면 다행이다.

좌우로 요동치는 차 안에서 우리는 걱정 인형의 머리처럼 좌우로 흔들렸다. 가끔 웅덩이에 바퀴가 빠지면 머리가 천장에 부딪혔다. 십이 년 된 나의 애마 모닝은 잘 버텨주고 있었다.

"A-3 지역이라고 하는데 넓어서 어떻게 찾냐? 어두워서 길 찾기도 어렵고. 실수로 산비탈로 떨어지면, 나중에 해골이 되어서 발견되는 것 아냐?"

두 손으로 보조 손잡이를 꽉 잡은 대현 선배가 말했다.

A-3 지역은 급하게 지도에 그냥 동그라미 그려놓은 것에 불과하다. 안전항공팀이 A-3 지역 어디에 있는지 정확히 알 수 없었다. 낮이면 산 밑에서 안전항공팀의 위치를 확인하고 올라가겠지만 지금은 그냥 임도를 따라 A-3 지역을 훑어보는 수밖에 없었다.

"그렇죠, 찾을 수 없겠죠? 어떻게 하죠? 그래서 이걸 가져왔죠."

나는 웃으며 운전석 옆 수납함에서 작은 무전기를 꺼내 대현 선배에게 던졌다. 선배는 얼떨결에 받았다.

"전원 켜고 채널을 204에 맞추고 저한테 주세요."

"야, 너 대단하다. 이럴 줄 알고 미리 준비한 거야? 똑똑한 애들은 뭔가 달라."

만면에 웃음 가득한 선배가 무전기를 세팅하고 나에게 주었다. 나는 무전기 송출 단추를 누르고 말했다.

"무진 안항 A팀, 여기는 무진 정비."

"……."

답변이 없었다.

연거푸 세 번을 했다.

답변이 없었다.

"준호야, 답이 없는데?"

"나올 거예요. 걱정하지 마세요."

나는 입술을 혀로 살짝 핥은 후 다시 호출했다.

무전기 스피커는 조용했다.

차 안은 다시 조용해졌다. 서로 눈치만 봤다.

스멀스멀 걱정이 올라왔다.

빨리 찾아야 하는데. 나는 핸들을 꽉 쥐고 입술을 말아 넣었다. 어색한 침묵이 흘렀다. 선배는 안전 손잡이를 힘껏 잡았다.

"야야, 저거 뭐야?"

선배가 손가락으로 산비탈을 가리켰다.

노란색 불빛들이 도깨비불처럼 흔들리고 있었다. 저기다! 우리는 차를 세우고 불빛 방향으로 걸어 올라갔다. 무진 산림항공관리소 안전항공팀이 방화선을 구축하고 있었다. 불이 오는 방향 반대쪽에 흙을 골라 불이 더 번지지 않게 하는 작업으로 헬멧에 장착된 헤드 랜턴의 작은 불빛에 의지해 연신 곡괭이질을 하고 있었다.

차에서 내려 팀을 향해 소리쳤다.

"안녕하세요! 저기 동욱 주무관 어디 있나요?"

"여기요."

대열 끝에서 붉은색 산불진화복을 입은 동욱 주무관이 손을 흔들었다. 180센티의 큰 키와 딱 벌어진 어깨의 동욱 주무관이 곡괭이를 어깨에 걸치고 우리에게로 걸어 내려왔다. 옷과 얼굴에는 검댕이 잔뜩 묻어 있었다. 나를 보자 활짝 웃었는데 땀과 섞인 검댕이 얼굴에 번져 있어 하얀 치아밖에 보이지 않았다.

인사 후 우리는 민수원 선배를 만났냐고 물었다.

"아까 해가 지기 전에 왔었어요. 민수원 형님이 돈 좀 빌려달라기에 돈 좀 꿔줬죠. 전화가 끊어지기 전에 바로 이체해줬어요."

하얀 이가 더 하얗게 보이도록 동욱 주무관은 미소 지었다.

"돈을 빌려달라는 이유는 뭐래요?"

대현 선배가 물었다.

"딸 때문에 그렇다고 하더라고요. 더는 묻지 않았어요. 전화로 해도 되는 것을 여기까지 찾아와서 돈을 빌릴 정도면 수원 형님에게 큰 사연이 있겠다 싶어서 바로 빌려줬죠. 전화해도 정신없어 못 받을 상황이지만요."

동욱 주무관은 헬멧에 장착된 헤드 랜턴의 앞 유리를 장갑으로 닦으며 말했다. 검댕이가 장갑에 묻어 나왔다.

"그리고 어디로 간다고 하지 않았나요?"

"딸에게 간다고 하더라고요."

나는 고개를 끄덕였다.

"큰딸이라고 하지 않았나요?"

"일하는 딸이라고 했어요."

감이 왔다.

"고마워요."

우리는 인사하며 돌아섰다. 갑자기 궁금증이 생겨 다시 몸을 돌려 물었다.

"동욱 주무관, 큰돈 빌려주는데 와이프가 뭐라 하지 않아요?"

"왜요?"

동욱 주무관은 눈을 동그랗게 떴다.

"나는 경제권을 와이프가 가지고 있어서 지금도 조그마한 돈 쓰려 해도 허가받고 쓰는데, 어떻게 큰돈을 와이프 허가 없이 바로 빌려주는지 궁금해서요."

"아, 걱정 없어요, 저희는 각자 번 돈은 따로 관리하거든요, 생활비가 아닌 이상 서로 노터치예요. 제 돈 빌려주는데 와이프가 왜 뭐라 해요? 검사관님 세대는 모르겠지만, 저희 세대는 그래요. 절대로 경제권 안 줘요. 왜 줘요? 제가 번 건데요. 제가 번 것을 자기가 관리하겠다고 요구하는 것이 더 이상한 거 아니에요? 그건 그렇고, 수원 형님에게 무슨 일 생긴 거예요? 웃음을 기본으로 얼굴에 달고 다니시는 좋은 형님이라 그냥 돈을 빌려 드린 건데, 잘 해결되었으면 좋겠네요."

동욱 주무관은 헬멧의 턱끈을 조인 후 곡괭이를 들고 다시 비탈을 걸어 올라갔다.

우리는 모닝을 타고 왔던 길을 따라 산에서 내려갔다.

어두운 산길을 달리며 생각했다.

세대가 달라도 매우 다르다고.

역동적이라서 다이나믹 한국이라 하는데 변해도 너무 빨리 변했다. 100년, 50년 차이가 아니고 불과 십 년의 차이가 너무 달랐다. 십 년을 기준으로 나의 세대와 전 세대, 저 동욱 주무관과의 세대가 어떻게 다른지 생각해보았다.

먼저, 선배들 세대로 대현 선배 같은 1960년대생을 생각해보았다. 내 생각으로는 가장 이상적인 가족이다. 약간의 권위주의를 가지며 가족의 경제와 가족을 보호하기 위해 헌신하는 아버지, 이런 남편의 고생을 알아주고 인정하고 존중하는 아내. 아내는 남편이 밖의 일로 힘이 든 것을 알기에 그 이상 바라지 않는다. 딴눈 팔지 않는 것만으로 고마워한다.

아내는 자식들에게 아버지가 얼마나 힘들게 일하는지 이야기하고 아버지를 존경해야 한다고 가르친다. 자연스럽게 자식들은 아버지를 존경한다. 아이들은 아버지의 권위에 눌려 사춘기 때 어긋

날 생각 자체를 하지 못한다.

권위라고 하니깐 가부장제의 나쁜 점만 생각하지만, 가부장제의 권위를 누리고 써본 세대는 이 앞 전 세대다. 이 세대는 가족의 질서를 잡는 것, 자식들을 훈육하고 교육하는 것 그 이상도 그 이하로도 사용하지 않았다. 가족의 중심은 항상 아버지고, 아버지는 가족을 위해 헌신하고 가족들은 아버지를 존중하고 사랑했다.

대현 선배가 형수에게 전화할 때면 그것을 여실히 느낄 수 있었다. 스마트폰에서 흘러나오는 형수의 말소리를 들으면 언제나 선배 걱정이었다. 그냥 가족을 위해 일하는 것만으로 아내에게 존경받고 사랑받는 세대다.

또한 부모를 모시는 마지막 세대다.

다음 세대부터는 부모를 모시려 하지도 않고 부모들도 바라지 않는다. 이 세대는 부모를 모시는 것을 남편이 바란 것이 아니라 아내가 받아들여서 모시는 경우가 많았다. 나의 외숙모도 치매 걸린 외할머니를 십 년간 모셨다.

다음으로 민수원 선배와 나의 세대인 1970년대생이다.

이상의 불균형 세대라고 할 수 있다.

아들들은 1950년대생 아버지의 헌신을 보고 자랐다. 1970~80년대 아버지들의 노동강도는 어마어마했다. 기계화가 안 되어 많은 부분을 노동력으로 수행해야 했고 2교대는 당연했으며 야근과 특근을 밥 먹듯이 했다. 아내에게 한 푼이라도 더 가져다주고 자식들에게 하나라도 더 해주기 위해 야근과 특근을 더 바랐다. 특근과 야근이 많은 직장이 좋은 직장이었다. 특근과 야근 기회를 만들어줘 자식을 건사하는 것이 가능했다고 회사에 고마워했다.

당신 몸이 부서져나가는 것은 생각지 않았다. 밤늦게 집에 온 아버지들은 쓰러져 자기 바빴고 새벽같이 일어나 출근했다. 주말이면 온종일 쓰러져 자고 스트레스 푸는 방법은 싸구려 담배와 27도짜리 소주를 진탕 마시는 것이었다.

나의 아버지도 일명 막노동, 건축 현장의 일용직이었다. 저녁때면 언제나 흔들흔들 지친 몸으로 오셨다. 마루에 앉아 간신히 신발을 벗으면 퉁퉁 부은 발이 나왔다. 땀이 신발에 고여 발을 붓게 만들었다. 코피는 수시로 터졌다. 새벽에 터진 코피가 지혈이 안 되어 야간 응급실에서 코안의 혈관을 지져 출혈을 멈춘 적도 여러 번이다.

이러한 몸으로도 어김없이 출근하셨다. 어머니는 이런 남편이 안쓰러웠고, 가족을 위해 노력하는 것을 고마워했다. 맛있는 음식이 있으면 아버지가 먼저였고 모든 것은 아버지가 우선이었다. 그 당시 비쌌던 달걀로 달걀부침을 하면 아들은 안 주더라도 아버지만은 꼭 드렸다.

아들은 이런 아버지와 어머니를 보면서 남편과 아버지가 되면 가족을 위해 내 몸이 부서지더라도 돈을 벌어오면 되는 것이고, 이

것이 아내에게 사랑받고 자식들에게 존경받는 것이라고 1970년대 생 아들들의 뇌리에 각인되었다.

따라서 여자와 결혼할 때 여자의 재산, 능력 같은 것은 개의치 않았다. 여자가 나를 사랑해주고, 나에게 인생을 맡기고, 아이를 낳아주고 키워주니, 내가 책임지고 먹여 살리면 된다고 생각했다. 아내에게는 월급 아껴 써서 집안을 유지하고 건강하게 아이를 잘 키워주는 것만 바랐다. 이런 생각으로 월급날이면 아내에게 많은 돈을 못 줘 미안하다, 다른 집 아내들처럼 편하게 해주고 싶은데 못 해줘서 미안하다는 말을 달고 살았다.

반면 딸들은 달랐다.

처음으로 딸들에게 태권도를 가르치고 대학교 이상, 나아가 박사, 유학까지 독려한 세대다. 아버지들은 딸들을 신여성으로 독립적이고 자주적인 여성이 되라고 했다. 아버지들은 자기 뜻대로 노력하는 딸들을 흐뭇하게 바라봤다. 더하여 어머니들은 너희들은 나처럼 억압된 여성의 삶을 살지 말라고 가르쳤다. 딸들에게는 이 말이 뇌에 각인되었다.

즉 남자들은 과거의 남자들을 보면서 남편상을 몸으로 습득했고, 여성들은 미래의 여자들과 과거 여자의 한탄을 보면서 아내상을 만들어갔다.

이상의 차이, 이것이 관계의 불균형을 만들었다.

남편은 어떻게든 돈을 많이 벌어오는 것에 초점을 두고 노력했는데, 여성들은 돈 벌어오는 것은 기본이고 아이들과 잘 놀아주고 설거지와 청소까지 하는 다정한 남자를 원했다.

돈을 많이 벌기 위해서는 시간과 노동력을 투자해야 한다. 돈을 많이 벌면 당연히 집안일에 소홀할 수밖에 없다. 서로 반비례 관계를 유지한다. 열 시간, 열두 시간씩 일을 하고 온 남자가 아내의 일을 도와주고 육아를 같이할 수 있을까? 도와주고 싶어도 체력과 정신력이 고갈되어 움직일 수 없다.

이런 이상의 차이에 1970년대생이 30세와 40세가 되는 시기에 급격한 이혼율을 보였고 고학력으로 나이 많은 여성이 결혼하지 못하는 현상이 발생하기도 했다. 어느 유명 여자 작가는 이혼을 세 번 한 후에 교수님을 찾아가 "제 인생이 왜 이럴까요?" 하고 물으니 교수가 "너희 또래 여자들이 이혼을 많이 하더라." 하고 말했다 한다.

1970년대생 여자들은 집에서 육아하는 것보다 직장 다니는 것을 선호하고, 육아의 가치를 낮춰 생각하기 시작했다. 과거 1960년대생까지 여성들이 가정에서 육아와 남편의 내조를 사회적으로 가치를 높게 주는 것과는 다른 양상이었다.

서로 간에 다른, 이상의 불균형을 못 맞춘 여성들은 이혼을 택했다. 이혼의 사유는 다정다감하지 않고 가정일을 도와주지 않고 권위주의적이라는 것이었다.

권위주의?

1970년대생은 1950년대생 아버지를 보면서 가족의 기둥이 되려 했다. 가족을 보호한다는 것이 자신의 사명이었다. 무언가를 지킬 것이 있는 사람은 보수적으로 될 수밖에 없다. 변화를 추구하면 불안전성이 커지기 때문이다. 보수적으로 안 되려 해도 안 될 수 없다. 이렇게 가족을 보호하려는 행동을 권위주의라고 하고 남자들을 비난했다.

재미있는 것은 1970년대생 중에서 남편의 권위주의가 싫거나, 다정다감한 상간남이 생겨 이혼한 여자들이 몇 년 뒤에 다시 함께 사는 것이 어떠냐고 전 남편에게 연락한다는 사실이다. 이혼 후 혼자 생활비를 벌어보니 그동안 남편이 얼마나 고생했는지 알게 되고, 따박따박 월급 가져다주는 남편이 얼마나 헌신적이었는지 뒤늦게 깨달은 것이다.

남편과 달리 다정다감하고 돈 잘 쓰는 상간남 때문에 여자가 이혼하면, 이혼한 순간 상간남이 단순히 자기와의 잠자리를 위해 다정다감한 척하고 돈을 썼다는 것을 깨닫는다. 상간남은 이 여자가 자신을 책임지라며 붙을까 봐 바로 떠나버린다. 상간남과 같이 살게 되어도 전 남편처럼 헌신적이지도 않고 책임감이 없다는 사실을 알게 된다. 후회하지만 돌이킬 수 없다. 다시 전 남편에게 연락하지만, 전 남편들은 이미 다른 여자를 위해 살고 있다. 자신을 존경하고 감사하는 여자를 위해.

여자들은 외간 남자가 다가와 말을 걸고 치근대면 자기가 아직 매력 있고, 남편 말고 더 좋은 남자를 사귈 능력이 있다고 착각하는데 이는 남자들의 본성을 모르는 엄청난 착각이다. 남자들은 나이가 들어도 여자들과 함께하는 것을 원하고 이를 위해 굉장히 다정다감한 척한다. 어느 남자가 여자들과 함께 노는 것을 싫어할까?

이런 착각에 빠져 이혼한 후 함께 살자고 하면 다들 도망간다. 욕하며 헤어지지 않는 것이 다행이다. 자신의 가정이 있는데 외간 남자와 술 먹고 웃어주는 여자와 누가 함께하려 할까? 평생을 헌신하며 사는 남자는 남편과 아빠밖에 없다는 것을 깨닫지 못한 것이다.

남편이 얼마나 착한 사람인지 모르고 남들과 비교하면서 불만을 품은 여자들은 1980년대생들부터 시작한 여성운동에 자신들을 투영하면서 피해의식이 생겼고, 전업주부면서 독박육아라는 불만을 나타내기 시작했다. 주 양육자인 엄마가 자식들에게 아버지 흉을 보아 자식들이 아버지에게서 멀어지게 했다. 아버지를 감정적으로 외롭게 했다. 1960년대생 아내가 자식들에게 언제나 아버지를 존경하고 감사해야 한다고 이야기했던 것과는 완전히 대조적이다.

다음은 나의 후배 세대이기도 한 1980년대생이다.

가장 성평등하게 교육받은 세대이면서 가장 피해의식에 찌든 세대다. 남자가 더 피해를 본 세대다. 남자는 약자인 여자에게 배려해야 한다고 부모와 여자 선생님들에게 교육받고 그것을 당연하게 알았다. 초등학교 때와 남녀공학 중고등학교에 다닐 때 무거운 것, 더러운 것, 힘든 것, 위험한 것들은 남자들이 하고 여성들은 약자라는 이유로 배려받았다. 사회에 나와서도 여자들이 많은 사무실이지만 식수 물통을 바꾸는 것 같은 일은 당연히 남자가 하는 것으로 생각하고 당연히 남자가 했다.

호의가 오래되면 권리로 여긴다는 유행어처럼, 역설적이게도 이 세대의 여성들이 남녀 차별에 관해 가장 많은 피해의식을 가지고 있다. 메갈리아, 워마드 등 남성혐오 여성운동이 시작된 세대이기도 하다.

남편이 가장으로서 가족을 지키고 유지하기 위한 최소한의 권위주의도 비난 대상이 되었다. 자신들의 아버지에게서 느낀 남성 중심의 엄격한 훈육을 비판하여 자녀교육을 아내가 맡았다. 권위주의 대신 여성의 감성으로 교육하기 시작했다.

어떻게 되었을까?

맘충의 등장과 금쪽이의 탄생, 교실 붕괴가 연이어 일어났다.

맘충이란 무엇일까? 단순히 아이를 가진 어머니를 비하하는 말이 아니다. 자녀의 잘못에 관해 제지나 훈계하지 않고 방치하거나 또는 “내 아이를 위해서”라는 이유로 제삼자에게 무조건적인 희생과 이해를 강요하는 어머니를 말한다.

더하여, 아이가 카페나 공공장소에서 소리치거나 옆 사람에게 민폐를 끼치는데 “하나뿐인 내 자식 귀하게, 기 안 죽이며 키우겠다는데 좀 배려해주면 안 되나. 그리고 아이인데 이해해주면 안 되나?” 하고 말하며 아이를 제지하지 않고 미안해하지도 않고 항의하는 사람들에게 되레 따지는 개념 없는 엄마와 주부들을 말한다.

왜 이렇게 할까?

두 가지 이유를 생각해본다.

먼저, 이 여성들은 배려받은 생활을 계속해왔기 때문에 타인에게도 자연스럽게 나를 배려해야 한다고 생각하는 것이 익숙하다. 거기에 약자라는 아이가 있고 내가 아이를 돌보기 힘드니 당신들이 나를 배려해야 한다고 당연하게 생각하는 것이다.

두 번째로는 내가 누군가를 위해 희생하고 배려해본 경험이 없어서다.

1980년대생 여자는 어릴 때는 가족과 사촌들 사이에서는 딸이라는 이유로 귀여움과 배려를 받고, 학교에서는 남자들에게 배려받고, 사회에 나가서는 또다시 여자라는 이유로 배려받았다. 자신들이 한 번이라도 희생하며 배려해본 경험이 없으니 남들에게도 당연하게 바라는 것이다.

과거 1950~60년대생 누이들과는 극명하게 비교가 된다. 오 형제, 육 형제, 많은 자식이 있지만 가족의 자원은 한정되어 있었다. 누이들은 언제나 가족, 동생, 오빠, 남편, 자식들을 위해 배려하고 희생했다. 이것이 어머니고 이모, 고모, 누이들이다. 이 시대의 누이들을 생각하면 마음이 찡하지 않는가? 나는 1970년대생이지만 지금도 누이를 생각하면 미안하면서도 맘이 찡하다.

자식이 잘못했는데도 사과하지 않고, 아이가 잘못한 건데 내 아이니깐 배려해야죠 하며 적반하장으로 당당하게 따지는 엄마들, 이런 엄마들이 얼마나 많았으면 맘충이라는 용어가 생겼을까?

1980년대생 자녀들이 유치원에 갈 나이가 되자 금쪽이가 등장했다. 금쪽이는 오은영 박사의 아이들 솔루션에서 문제 있는 아이들을 지칭하는 용어다. 문제 아이들 행동을 보면, 유치원생이나 초등 저학년 아이들이 엄마를 이겨먹고 맘대로 한다. 하지 말아야 할 행동을 서슴없이 한다. 엄마는 아이에게 못 당하고 울기만 한다.

중요한 점은 아이가 엄마를 이겨먹으려 할 때 엄마가 제지하지 못한다는 사실이다.

기본적인 솔루션은 아이에게 자신이 해야 할 것과 하지 말아야 할 것을 가르쳐주는 것으로 시작한다. 이런 단순한 것을 엄마들은 아이의 감성과 마음이 다치고 상처받는다고 가르쳐주지 않았기 때문에 금쪽이가 탄생한다.

만일 누군가 해야 할 일과 하지 말아야 할 일을 어렸을 때부터 정확히 가르쳐주었다면 이런 금쪽이들이 나왔을까? 하지 말아야 할 것과 해도 되는 것, 두 살 때 밥상머리 교육으로 아버지에 의한 가벼운 권위에 의해서 가르칠 수 있는 것을 감성 교육 운운하면서 오히려 아이를 망쳤다. 더 많은 시간이 들고 더 큰 상처를 받아야 제자리로 갈 수 있다.

다시 묻는다.

왜 이렇게 되었을까?

아버지의 권위에 따른 훈육을 엄마들이 가져가면서 증가한 현상이다. 이런 아이들이 얼마나 증가했는지 초등학교 저학년 선생님이 "아이들이 저한테 욕만 안 하면 다행이에요." 하고 말할까?

마지막으로 나타난 현상은 교권 붕괴다.

사회에서 해야 할 일과 하지 말아야 할 일을 가르치지 않은 금쪽이들이 친구들과 잘 지낼 수 있을까?

다른 아이들을 괴롭히고 수업을 방해해서 선생님이 아이를 훈육하면 엄마들에게 민원이 들어온다. 왜? 내 아이의 마음을 알아주지 않고 기다려주지 않았다고. 더하여 이렇게 당당하게 따져야 인식 있는 엄마로 생각해서 더 많은 민원을 제기한다.

최근 발생한 초등학교 선생님 자살 문제로 드러난 부모의 갑질도 어찌 보면 이것의 결과다. 1980년대생의 자녀들이 학교로 입학할 때부터 교권 붕괴가 시작되었고, 참다못한 선생님들이 행동으로 나서기 시작한 것도 이때부터다.

성희롱, 성추행 문제가 대두되고 이에 대한 보호법이 만들어진 것이 이 세대지만, 도리어 남자에 대하여 역차별이 발생했다.

2021년, 알페스(RPS)를 근절해달라는 국민청원이 등장했다. 알페스는 무엇일까? 'Real Person Slash'의 약자로 한국에서는 알페스라 호칭한다. 주로 남성의 동성애를 다루는데, 문제는 실제 남성 아이돌이 등장인물로 등장하고 멤버끼리 육체적 사랑을 나누는 것으로 묘사되는 지점에서 발생한다.

일명 팬픽으로 여성들 사이에서 만들어지고 읽힌다. 등장인물이 실명으로 이루어지고 일부 아이돌들은 성년이 아니라 미성년자이기에 위법성이 발생한다. 아동 음란물 배포와 유포를 엄격하게 금지하는 호주와 미국, 유럽에서는 처벌 대상이다.

공론화했지만 어떻게 되었는가?

여론에서는 별다른 관심을 가지지 않았다. 어느 문화 평론가는 공영방송에서 알페스는 하위문화라고 옹호하기도 했다.

왜 여론은 관심을 두지 않았을까? 대상이 남자였기 때문이 아니었을까? 남자들의 권익을 대변하는 단체가 많았다면 어떻게 되었을까?

반대로 인기 여자 아이돌의 이름이 들어간 음란소설을 제작, 유포했더라면 여론은 어떻게 했을까? 여성단체들은 어떻게 했을까?

이 알페스는 HOT 시절에 만들어지기 시작하여 아이돌 그룹이 정착되는 1980년대생들 때에 하위문화처럼 정착되었다. 팬심이라는 이유로 자신들이 잘못하는지 느끼지 못하면서 만들고 판매하고 읽으며 성인이 되었다. 잘못을 모른다는 점이 가장 큰 문제다

오죽했으면 〈무한도전〉의 한 장면에서 유재석이 우리 작가는 소설을 썼다며 설명하는데 박명수와 유재석이 서로 사랑을 느낀다는 내용이었다. 알페스를 쓰던 소녀가 방송작가가 된 것이다. 숨겨야 하는 잘못된 행동을 유재석 씨에게 거리낌 없이 이야기하고 이 내용을 공영방송에서 방송한다? 자신들이 잘못했다고 깨닫지도 못하고 있는 것이다.

이런 1980년대생이 선생님이 되었을 때도 문제다. 이에 관해 유튜브에 돌아다니는 영상이 있다. 초등학생 남자아이가 교실에서 A4 용지를 주웠다. 뭔가 해서 읽어보니 인기 아이돌 멤버 둘이 성행위를 하는 내용이다. 놀라서 선생님에게 이야기했다. 물론 여자 선생님이다. 선생님이 누가 작성한 거야 하고 물어보니 여자 학생 두 명이 손을 든다. 선생님의 마지막 말. "음, 글솜씨 좋네. 다음에 글쓰기 대회에 나가렴."

자신들에 대한 문제는 발끈하면서 남성에 대한 성적인 문제는

그냥 우스갯소리로 넘긴다. 남녀를 동등하게 보고 동일한 감성으로 동일하게 적용하도록 노력해야 하는데, 자신들이 가하는 문제에 대해서는 인식하려 하지 않는다.

이러한 사례처럼 성적 차별을 당연시하는 것을 습득한 그런 선생님에게 배우면 어떤 문제가 발생할까? 남자에게는 가혹하고 여성은 여자니깐 배려해야 한다고 하지 않을까?

이 세대부터 군 복무에 대한 여성 시각도 변했다. 1970년대생과 이전 세대의 오빠, 동생이 군 복무를 갔다 오면 고생했다고 이야기했고 군 가산점 및 호봉제 등, 사회적 배려를 하는 것을 당연하게 여겼다.

이와 달리 1980년대생 여자들이 사회 활동을 할 때부터 남자들의 국가에 대한 헌신에 대한 조그마한 사회적 배려도 남녀 차별이라는 프레임을 씌워 빼앗아버렸다. 군 복무를 했느냐 안 했느냐의 차이로 군 가산점이나 호봉을 배려한 것인데 여성과 남성 차별의 프레임을 가져와 없애거나 줄여버렸다.

이에 대해 반발하는 사람들에게는 군무새라고 비하하며 군 복무를 호캉스니 하며 비아냥거렸다. 군 복무에 따른 사회적 배려를 왜 남녀 차별이라는 관점으로 해석하는지. 작은 사회적 배려도 하지 않는 군 복무를 누가 진정한 헌신이라고 선뜻 받아들일까? 사회적으로 군인이 비하당하는 것은 여성단체의 선전에 놀아난 정부가 자처한 것이 아닌가 하는 생각이 든다. 1995년 군복을 입고 외출하고 들어갈 때 과일가게 아주머니가 군대 간 아들이 생각난다며 수박을 싸게 주셨다. 이런 소소한 정이 힘든 군대 생활을 버티게 했고 군인이라는 것을 자랑스럽게 생각하게 했다.

1980년대생이 여성단체의 수장이 될 때쯤 여성단체가 많아지며 거대해져 큰 힘을 내기 시작했다. 양성평등이 아니라 남자에 대한 역차별을 더욱 키웠다. 소방과 경찰에는 여자를 의무적으로 뽑아야 하는 비율을 높였다. 의무적으로 여성을 뽑기 위해 여자보다 점수를 더 많이 받은 우수한 남성들을 탈락시켰다.

더 나아가 국회의원도 여자를 반드시 50%를 의무적으로 뽑아야 하는 법이 생겼다. 국회의 다양성 확보를 위해 정당에서 추천하는 인사가 국회의원이 되는 비례대표제다. 여성의 정치 활동을 늘린다는 명목으로 추천인 홀수 번호는 반드시 여성으로 배정했다. 1, 3, 5, 7처럼 50%는 여성 인력이 들어가야 한다. 남은 50%를 두고 여성과 남성이 경쟁하여야 한다. 결국, 남성에게 돌아오는 자리는 25%밖에 없다.

이렇게 불합리하게 억지로 여성 인력을 찾다 보니 여성단체 수장들이 대거 비례대표제로 국회의원이 되었다. 사회운동이 아니라 여성운동만을 하던 이들이 정당에 들어간 것에 문제가 발생했다. 사회의 균형을 맞추고 약자를 대변해야 할 정당이 여성의 권익만을 대변하는 집단으로 변모했다. 사회적 약자와 노동자의 자리에는 여성만이 존재했다. 여성 평등이라는 이름으로 남자 차별을 가속화했다. 사람들은 이런 정당을 우스갯소리로 페미니스트 정당이라고 불렀으며 등을 돌리게 했고 정치에서 멀어지게 했다.

이들은 자신들의 세력을 넓히고 입지를 강화하기 위해 남자에 대한 혐오를 계속했다. 〈'관음충'의 발생학: 한국 남성성의 불완전 변태과정(homomorphism)의 추이에 대한 신물질주의적 분석〉이라는 논문이 대표적이다. 내용은 대한민국 사회를 관통하고 있는 불법촬영물이라는 특정 포획물을 기반으로 분포하고 있는 '관음충'에 대한 형태발생학적인(morphogenetic) 고찰이라 하면서 한국 남자들을 벌레로 비유했다. 남자아이들을 한남유충, 청소년기 아이들은 관음충, 성인을 한남충이라고 지칭한다. 이제는 여성들이 남자를 비하할 때 한남충이라는 말을 당연하게 쓴다. 한국 남자를 벌레로 지칭하는 논문이 어떻게 학술지에 실렸는지 의문이 든다.

사회적 관심과 정치적 입지를 얻기 위한 남녀 갈라치기, 그리고 자극적인 남자 비하, 이는 남녀 갈등을 불러왔다. 여성들에게 한국 남자들은 관음증을 앓는 한남충과 같은 벌레들이고 잠재적 범죄자로 생각하게 했다. 이렇게 하니 일부 젊은 여성들이 비혼, 비출산, 비육아를 선언하게 했다. 결국 사회가 소멸할 정도인 절망적인 출산율 0.7까지 도달했다.

신이 준 가장 큰 행복이자 가장 숭고한 일은 한 인격체를 탄생시키고 키우는 출산과 육아다. 그리고 그 주체는 여성, 어머니다. 이런 행복하고 고귀한 일을 스스로 포기하고 비하하는 것이 너무 안타깝다.

1990년대생들은 앞 세대들의 학습효과로 남성들 사이에 고마워하지 않는 한국 여자보다 고마워할 줄 아는 다른 나라 여자가 나으니 '국제결혼'을 해야 한다는 말이 나왔고, 결혼 자금과 가정일을 철저하게 반반씩 나눈다. 혼수를 마이너스 통장 대출로 준비하고 결혼하면 경제권을 받아 남편의 월급으로 몰래 갚는다는 '마통론'과 자기는 준비되지 않았으면서 남자에게만 높은 연봉과 자가 아파트를 바라는 '상향혼', 결혼하기 전 실컷 놀고 순진한 전문직 남자와 결혼하여 경제권은 아내가 받고 남편에게 쥐꼬리만 한 용돈을 주고 남편 월급을 자기 돈처럼 쓴다는 '퐁퐁남' 이야기에 남자들이 실망하고 경험을 공유한 결과일 것이다.

이제 남자들은 앞 세대처럼 결혼할 때 아내를 평생 책임지겠다고 생각지 않는다. 헌신하지 않는다. 사랑은 서로에게 무언가를 주는 것을 행복이라고 느끼는 것인데, 가정을 유지하기 위해 남자들이 헌신하면 최소한 "수고했어, 고마워."라는 말이라도 들어야 하는데, 돌아온 것은 "자기 때문에 독박육아하고 내 인생이 망했어." 하는 원망과 비하뿐이었다.

여기에 더해, 결혼할 때 보금자리 마련을 위해 시부모가 노후 자금을 털어 전세자금, 자가 아파트를 마련해주었는데 아내는 무조건 '시' 자가 들어가면 반감을 보인다. 일 년에 명절날 두 번 찾아가는 것도 싫어한다. 모르는 사람이 거액의 돈을 주었는데 감사하고 평생의 은인으로 생각해야 당연한 것 아닌가? 최소한 감사하는 척이라도 해야 하지 않을까? 차라리 받지를 말든지, 노후자금을 준 시부모들은 어떤 마음일까? 아들 둔 죄라고 할까? 자식이 잘 살기를 바라 노후 자금을 털어 준 것인데. 이런 것을 보는 남편, 남자들은 어떤 생각을 했을까?

여자들이 피해의식을 느끼고 남자들을 비하한 만큼 남성들은 철두철미하게 여자들과 같이 계산적으로 변했다. 가정을 유지하기 위한 비용, 가사 등을 철저히 나누었다. 남편이 외벌이를 하면 남편은 가사를 도울 필요도 없고 전업주부인 아내가 집안일을 모두 해야 한다는 결론이 나온다. 다시 1960년대로 돌아간 것과 같다. 아니, 1950년대 가정으로 돌아갔다.

육아로 힘들어하는 아내를 위해 퇴근 후에 집안일을 도와주고 아내는 이런 남편을 고마워하는 행복과 사랑의 재미가 없다. 부부 사이가 결혼 시작부터 이렇게 계산적이니 혼자 사는 것과 무슨 차이가 있을까? 결혼과 출산율이 박살 날 수밖에 없다.

1960년대생부터 1990년대생까지 세대가 변하면서 아버지의 권위주의와 가장으로서의 권한은 빼앗기고 없어졌지만, 아내들은 남편들의 권리를 받아 극명하게 변했다. 이렇게 남성들이 여성들에게 빼앗기고 내려놓았다 해도 끝까지 내려놓지 않는 것이 있다. 아버지는 가족의 기둥이며 가족을 위해 헌신해야 한다는 남편의 가치관이다.

이 가치는 여성들이 남성을 비하하고 원망하더라도 변하지 않을 것이다. 원시시대 때부터 진화 과정을 거쳐 DNA 속에 각인된 가치다.

이에 반해 여자들의 어머니와 아내상은 급변했다. 확실한 것은 가족을 위해 변한 것이 아니라 자신을 위해 변했다는 것이다. 자신들의 기준에 맞춰 남편들도 바뀌어야 하는 존재일 뿐이다.

[6]

"뭐 해!"

선배의 고함과 함께 현실로 돌아왔다.

"텅!"

묵직한 진동이 척추로 전달되었다. 차를 세우고 밖으로 나왔다. 좌측 전방 헤드라이트 하나가 반쯤 깨져 나가 있었다. 노란 불빛에 핏빛의 갈색 털이 깨진 헤드라이트에 걸려 있는 것이 보였다.

"꾸룩."

무언가 풀숲에서 튀어나왔다. 고라니다. 뒷다리를 절었다. 풀숲으로 몇 번을 껑충 뛰다가 쓰러졌다. 죽었나? 숨을 골랐는지 다시 일어나 껑충껑충 뛰었다. 어둠 속으로 사라졌다. 풀숲에서 작은 고라니가 나타나 앞선 고라니를 따라갔다. 차에 치인 것은 어미 고라니였다. 제 어미를 숨죽여 기다리고 있었으리라. 어미가 죽으면 새끼 고라니도 죽는다. 어미가 살아야 하는데.

"고라니네요."

나는 앞 보닛에 걸터앉았다. 긴장했던 마음이 풀리면서 긴 숨이 저절로 나왔다.

"휴~."

"준호야, 우리 내린 김에 도파민 생성이나 할까?"

선배가 웃는 얼굴로 담배 한 개비를 건넸다.

불을 붙이고 한 모금 깊게 빨았다. 핑! 머리가 돌았다. 오래간만에 피워서 그런가? 금연은 평생 담배를 참는 거라는데. 픽 웃음이 나왔다.

웃음. 갑자기 민수원 선배의 얼굴이 스쳤다. 항상 웃는 얼굴, 항상 사람 좋은 면만 보는 선배. 큰딸을 만나러 갔다고? 선배에게 들어 큰딸이 대충 어디에 있는지 안다. 대구는 왕복만 해도 여섯 시간, 막 밟아야 다섯 시간 안에 갔다 올 수 있다. 순간 화가 치밀었다. 대체 무슨 일이 생겨서 미쳐버린 거냐고? 직장도 내팽개치고 날뛰는 이유가 뭐냐고? 어디 있는 거냐고?

고개를 들었다. 어둠 저편에서 붉은 인광 네 개가 우리를 바라보고 있었다. 어미 고라니와 새끼다. 걱정했는데 어미가 괜찮은 것 같았다. 새끼도 죽지 않을 것이다. 어떻게든 새끼가 클 때까지 어미가 보호해줄 테니. 고라니에게 손을 흔들었다. 고라니 어미와 새끼는 방향을 틀어 어둠 속으로 사라졌다.

"선배님, 저 고라니 마치 민수원 선배 보는 것 같지 않아요?"

"왜?"

"새끼를 위해서 어떻게든 저렇게 갈팡질팡하면서 뛰어가잖아요."

"우리도 저렇잖아."

"가족들을 위해 어떻게든 발버둥 치는 모습이 같네요."

"그래."

웃음 가득한 선배가 입에 담배를 물고 보닛에 나란히 걸터앉았다.

"우리 오래간만에 같이 담배를 피우네."

"후~."

둘이 동시에 담배 연기를 하늘에 내뿜었다. 입김과 담배 연기가 섞여 어두운 밤하늘에 퍼져나갔다.

"준호야, 제수씨하고 사이는 어때?"

나는 고개를 숙였다.

아내를 생각하면 원망만이 자꾸 피어오르기 때문에 생각지 않으려 회피하고 있었다. 사랑하기 때문에 생각지 않으려 했다.

"아내하고 사이요? 그저 그래요. 더 나아진 것도 없고, 더 나빠진 것도 없어요."

"더 나아지고 더 나빠진 것도 없다니?"

"말 그대로 변화가 없어요."

"왜 변화가 없는데?"

선배는 웃음기를 지우고 물었다. 나는 담배를 한 모금 빨고 길게 내뿜었다. 담배의 회색 재가 애처롭게 매달려 있다가 바람에 떨어졌다.

"우리 부부, 섹스리스예요."

"섹스리스? 그게 뭔데?"

"뭐긴 뭐예요? 부부관계가 없다는 거죠. 한 달에 한 번도 안 하면 섹스리스라는데 우리 부부는 벌써 일 년이 넘었어요. 산림청 입사 전에 거제도에서 오 개월간 산불 대기했는데, 어린이날 연휴 때 비가 온다고 해서 아이들과 함께 내려오라고 했어요. 아내 생각이 간절했어요. 자취방이 작아 온 가족이 잘 수 없어 아이들 잘 방도 하나 더 잡아놨고요. 3박 4일 동안 있으면서도 제 자취방으로 건너오지를 않고 그냥 아이들과 자더라고요. 그냥 저 혼자 잤어요. 삼 개월간 혼자 있었는데……. 오지 말라고 해야 했나 봐요. 옆방에 아내가 있으니 더 비참해지더라고요. 아내에게 괜히 원망만 더 커지고요."

나는 고개를 숙였다. 가슴에서 무언가 울컥 올라왔다. 눈물이 나오려 했다. 이마에 오른손을 댔다. 눈물이 나오려다 멈추었다. 고개를 들며 재빠르게 담배를 빨았다. 가슴의 묵직함은 아직 남아 있었다.

"선배님, 인간이 왜 결혼하는지 알아요?"

"그냥 둘이 좋아서 하는 것 아니야?"

"아니에요, 다 직립보행 때문이에요."

"직립보행?"

선배는 동그랗게 눈을 크게 떴다. 선배가 호기심을 보이니 기분이 조금 나아졌다.

"네, 인간이 직립보행을 하려면 필연적으로 골반이 안으로 말리며 작아진대요. 골반이 작아지니깐 어떤 문제가 생겼을까요?"

선배는 그냥 쳐다보기만 했다.

"첫째로 출산에 문제가 생겼어요, 아이가 엄마 배 속에서 완전히 크면 나올 수 없는 거예요. 방법을 찾은 것이 아이가 완전히 크기 전에 먼저 밖으로 내보내는 거예요. 삼 개월 정도를 먼저 내보내는 거죠."

"그래. 그래서 백일이 지나야 완전히 사람이 된다고 어른들이 말하고, 백일 때까지는 엄마 배 속처럼 느끼라고 광포에 꼭꼭 싸매는 거지. 여기까지는 알겠어."

선배는 고개를 끄덕였다. 나는 웃으며 계속 이야기를 이어갔다.

"아기를 낳을 때 안 벌어지는 골반을 억지로 벌려야 하니깐 엄마는 힘들고 시간도 오래 걸렸죠. 아기를 낳고도 벌어진 골반 때문에 바로 정상적 활동이 불가능했죠. 간혹 팔 남매, 구 남매 낳으신 할머니들이 아기 낳고 바로 밭 매러 갔다는 이야기도 하시던데, 아이를 많이 낳아 골반이 벌어져 있던 거죠. 여기서 두 번째 문제가 발생해요. 출산의 어려움과 거동이 불편한 엄마, 아직 다 크지 않은 미성숙한 아이, 야생동물과 적에게 무방비로 노출되죠. 딱 좋은 먹잇감이 되는 거죠."

"조금 이해가 안 되는데."

"동물들을 생각해보세요. 얼룩말 새끼들은 태어나자마자 바로 뛰어다니잖아요. 심지어 사자가 사냥해오면 막 출산한 어미와 새끼가 함께 도망치잖아요. 아까 고라니도 마찬가지고요. 만약 인간 같으면 출산의 순간을 노리는 사자에게 바로 잡아먹히는 거죠."

"그래, 이해 간다."

이야기에 빠져든 선배는 담배를 빨면서도 나를 쳐다봤다. 이야기하다 보니 기분이 조금 풀렸다.

"이런 두 가지 문제가 발생하자 여성이 택한 방법은 출산 순간과 자신의 아이가 성년이 될 때까지 돌봐줄 보호자를 찾는 거였죠."

"이해가 안 되는 게, 여자가 임신하고 출산하려면 남편이 있어야 하는 거 아니야? 당연히 남편이 보호자가 되는 거고."

난 선배 질문에 웃었다. 울컥했던 부정적 감정이 사라졌다.

"호랑이와 곰을 생각해보세요. 호랑이와 곰의 암컷은 번식기에만 수컷을 받아들이고 번식기가 끝나면 수컷을 쫓아버려요, 안 가려고 하면 물어버리고요, 호랑이와 곰, 수컷이 새끼들 키우는 것 봤어요? 다 암놈이 키우잖아요. 수컷 곰은요, 새끼를 데리고 가는 암컷 곰을 보면 한 번 더 하려고 일부러 새끼도 죽여버려요. 인간이 직립보행을 하기 전에는 호랑이와 곰과 같았을 거예요. 번식기가 끝나면 여자한테 쫓겨나는 거죠. 수컷이 불쌍하죠."

난 혼자 웃었다.

"그렇네. 수컷 호랑이와 곰은 다 씨만 주고 가네. 불쌍한 놈들."

선배가 히죽히죽 웃었다.

"뭐가 불쌍해요. 훨씬 낫죠. 마누라와 새끼를 먹여 살리느냐고 우리처럼 아등바등할 필요 없잖아요. 얼마나 좋아요, 그냥 혼자 유유자적으로 사는 게."

"그래, 아등바등하며 살 필요 없지."

말이 끝나자마자 선배는 얼굴에서 웃음을 지우고 의미심장한 눈빛을 하며 담배를 빨았다.

"그럼 어떻게 여자가 남자를 선택할까요?"

"야, 그걸 나한테 물으면 어떡하냐? 네가 이야기해야지."

선배는 또 목소리 톤을 낮추며 굵은 목소리로 말했다. 난 담배의 재를 털고 이어갔다.

"성욕의 차이예요. 선배도 느끼잖아요, 남자의 성욕이 여자의 성욕보다 높다는 것을요. 남자의 성욕이 얼마나 높냐면 그대로 놔두면 사회문제가 되기도 하죠. 유럽에 혁명이 일어난 때를 분석해보면 사회문제로 남자가 많거나 경제 문제로 결혼을 못 한 시기하고 많이 겹쳐요. 오죽했으면 로마 초창기 때 남자들이 많아지자 옆 사비니에서 처녀들을 납치해 왔을까요. 로마 왕도 남자들의 성욕을 그대로 놔두면 나라가 뒤집어질 것을 알고 미리 대처한 거죠. 만일, 사비니에서 처녀를 납치해오지 않았다면 로마는 스스로 멸망했을 것이고 지금의 유럽 문명도 없었을 거예요. 1994년 르완다 인종청소 사건 아시죠? 후투족이 투치족을 죽인 사건이요?"

"신문에 크게 났었지, 20세기 인종청소라고."

선배는 고개를 끄덕였다.

"르완다는 농업 국가라서 결혼해서 가정을 이루려면 땅을 나눠 가져야 하는데, 땅이 없어서 장가를 못 보냈대요. 1988년 조사에 따르면 결혼 적령기 71% 남성이 결혼을 못 했대요. 그 불만이 터져 학살이 일어났고, 투치족만 죽인 게 아니라 땅을 많이 가지고 있는 후투족도 다 죽였다고 하더라고요. 이와 달리 여자들이 많아서 문제가 되었던 적이 있어요? 제2차 세계대전 후 러시아에 남자가 모자랐는데 문제가 되었다는 이야기 있어요?"

"야, 생각해보니 그렇다. 어쩜 그리 딱딱 맞냐?"

선배는 웃었다.

"목마른 사람이 우물 판다고 성욕이 높은 남자가 여자에게 구애

할 수밖에 없잖아요. 성욕을 잘 참는 여자에게 선택권이 있는 거죠. 구애하는 남자는 여자에게 너와 아기가 클 때까지 부양할 수 있는 능력과 책임지겠다는 것을 보여줘야 했죠. 이것이 진화를 거치면서 DNA에 오롯이 새겨졌죠. 지금도 여자들이 배우자를 선택할 때 제일 우선순위가 연봉과 직업의 안전성이고 다음으로 자기에 대한 성실성이잖아요. 이와 반대로 남자들은 성욕에 굶주려 여전히 외모고요."

마지막 말에 선배와 나는 껄껄껄 웃었다.

"여성들의 선호에 따라 아내와 자식들에게 성실하고 책임감 있는 남자들만의 유전자가 후대에 전해졌죠. 유전자에 깊게 새겨진 책임감과 성실함이란 진화의 흔적으로 우리가 지금 여기에 있는 거고요. 남편의 책임감과 성실함의 보답은 당연히 아내의 성관계고요."

선배 얼굴에서 웃음이 사라졌다.

"야, 담배 한 대 더 피워야겠다."

선배는 꺼낸 담배에 불을 붙였다. 깊게 빨고 깊게 내뱉었다.

"계속해라, 재미있다."

나도 한 모금 빨고 이야기를 이어갔다.

"이때는 남자가 능력만 있으면 세 명까지 여자를 거느릴 수 있었다고 하더라고요. 이때는 항시 긴장하고 사는 야생 시대라는 게 문제를 발생시켰어요. 책임감 있고 성실한 남자를 선택했다지만 적이나 맹수가 공격해오면 언제든지 남자가 아기와 자신을 함께 버릴 수 있고, 사냥감이 부족해지면 남자가 좋아하는 여자와 자식에게만 먹거리를 몰아주는 문제도 가지고 있었어요. 버려지거나 남자로부터 음식을 받지 못한 여자와 그 자식은 어떻게 될까요? 자연도태, 죽을 수밖에 없죠. 그래서 여자가 새로운 전략을 짜요. 어떻게 했을까요?"

"묻지 마, 머리 아파. 머리 아프게 하지 말고 빨리 이야기해."

픽 하고 나는 웃었다.

"항상 남자에게 사랑을 확인받고 애교를 부렸죠. 옛말에 이런 말이 있잖아요. '남자는 군인의 기질이 있고 여자는 요부의 기질이 있다'고요. 다 생존을 위해 DNA 속에 남은 거예요. 남자에게서 입으로 '사랑해'라는 말을 하게 함으로써 다른 여자를 견제하고 남자가 나를 사랑한다고 느끼게 세뇌하는 거죠. 더하여 자신들은 사랑을 확인받아 안심하는 거고요. 여자들에게 꼭 사랑한다는 말을 해야 사랑을 느낀다는 말이 다 진화의 산물이에요. 선배님 형수도 연애와 신혼 때에 사랑한다는 말을 듣고 싶어하지 않으셨어요?"

"신혼 초기에 퇴근했는데 사랑한다고 말 안 했다고 삐지더라. 그런데 지난달 집에 갔을 때 사랑한다고 하니깐 쉰 소리 하지 말고 돈이나 벌어오라고 하더라. 여자가 나이 먹으니깐 무섭게 변하더라."

선배는 크게 웃었다.

"당연하죠. 지금은 법이 여자를 보호해주잖아요. 사회적으로 이혼하면 여자가 더 유리하고요. 이혼하면 선배는 개털이잖아요. 선배는 잡힌 물고기가 된 거예요. 잡힌 물고기에게 누가 사랑을 확인받겠어요. 누가 가르쳐주지 않았지만, 형수가 자연스럽게 체득한 거죠."

"그래, 이혼하면 개털이다. 아파트 명의에 차 명의 다 와이프, 네 형수 이름으로 되어 있는데 내 명의로 되어 있는 것은 하나도 없다. 아~, 나는 나 스스로 잡힌 물고기가 되었구나. 내가 와이프를 잡은 것이 아니라 내가 잡힌 물고기였구나. 그것도 스스로 그물에 들어간 바보 같은 놈."

선배는 담배를 힘껏 빨았다. 빠르게 담배가 짧아졌다.

"농업혁명이 일어나자 남자 한 명이 거느릴 수 있는 여자 수가 급격히 늘어났어요. 원시시대에는 자신의 노동력만으로 양식을 구해야 했는데, 농업혁명으로 권력만 있으면 많은 식량을 가질 수 있어 더 많은 여자를 거느리게 되었죠. 기록에 의하면 한 왕이 1,000명의 여자를 거느렸다고 하더라고요. 그게 우리가 부러워하는 하렘이고요. 왕이 1,000명이면 그 밑 신하와 귀족들은 최소 100명은 데리고 있었을 거잖아요. 일부다처가 아니라 일부 다다다다처가 된 거죠."

"야, 좋았겠다. 부러운데. 지금도 일부다처제, 이왕이면 네 말대로 일부다다다다처로 해야 하는 것 아니야?"

선배가 호탕하게 웃으며 말했다.

"그럼, 선배가 형수랑 결혼했을 것 같아요?"

내가 조용히 물었다.

"왜 못 해? 내가 어때서?"

선배의 목소리 톤이 올라갔다.

"처음에 말했잖아요. 여자들은 자기와 자식을 경제적으로 또 위기에서 안정적으로 보호해주는 것에 우선을 둔다고요. 대기업 회장이 과거의 왕이잖아요. 생각해보세요, 회장들이 여자를 몇 명이나 거느릴 것 같아요? 우리처럼 돈 오백도 힘들게 보내주는 사람들에게 올 것 같아요?"

"대진회장의 고용인력이 삼십만 명이니깐, 그럼, 와이프가 1,000명은 넘겠지? 야, 그래도 사랑이라는 감정이 있어서 우리를 구원해줄 여자가 있지 않을까?"

선배는 얼굴을 찌푸리며 말했다.

"사랑이요? 계속 이야기하잖아요. 여자는 진화적으로 자신과 자식을 경제적으로 보호해줄 남자를 찾는다고요. 사랑이라는 감정은 경제적 능력이 보장되어야 생기는 감정이에요. 여자들이 연예하다가 지금 애인보다 키 작고 못생겼지만, 연봉 높고 직장 좋은 남자로 왜 갈아타겠어요. 선배님, 큰딸이 예은이죠? 만약 예은이에게 대학도 졸업 못 하고 군대 간 남자 친구가 있는데, 어느 날 연봉 칠천의 대기업에 다니는 남자가 고백했어요. 딸이 어떻게 하면 좋겠냐고 상의하면 뭐라 하실 거예요? '그래도 사랑이다.' 하며 군대 간 남자친구를 기다리라고 할 거예요? 당장 대기업 남자를 사귀라고 할 거잖아요!"

선배는 입을 앙다물고 고개를 연신 끄덕였다.

"남편 월급 삼백만 원에 자가가 아닌 집에서 애 키우며 사는 것보다, 대기업 회장의 보호 아래 월 삼백만 원 받는 것, 어느 것이 나을까요? 경제적 보장이 약한 우리와 선뜻 결혼할 여자가 있을까요?"

선배는 고개를 끄덕였다.

"일부일처제가 되어서 나 같은 놈도 결혼할 수 있게 되었네?"

"중세 귀족이 일부다처제로 권력과 부를 유지하니깐, 그것을 약화하려고 로마 교황청에서 일부일처제를 강제했어요. 만약 교황청이 아니었으면 지금 우리는 매춘부나 찾아다니고 있었을 거예요. 아니면 남자를 찾던지요."

내가 선배를 보며 살며시 웃었다.

"징그럽다, 그렇게 보지 마라. 교황님이 이렇게 감사하게 느껴질지 몰랐다. 오늘 밤에 기도 드릴 때 교황님께 감사하다고 해야겠다."

절실한 기독교 신자인 선배가 천주교 교황님에서 감사 기도를 하겠다니 어지간히 충격을 받은 것 같았다.

“권력자들이 여자들을 다 휩쓸어가는 일부다처제 상황에서는 당연히 매춘 사업이 활발했겠죠? 오죽했으면 그리스 시대에서는 신전에서도 매매춘했겠어요. 그때 사회는 매매춘이 죄도 안 되고 인간에게 당연히 필요하다고 판단한 거고요. 설명처럼, 인류 역사가 시작되면서 시작되어온 매매춘은 일부일처제의 시행으로 변형되어 지금까지 이어오고 있고요.”

“뭐가 변형돼! 지금도 집창촌에서 여자들이 몸 파는 것은 같잖아. 다만 우리나라에서는 이제 불법이 되었고.”

“그렇게 생각하세요?”

“응.”

선배는 고개를 끄덕였다.

“선배님, 남자들이 결혼할 때 사회 통념상 번듯한 살 집을 해가야 하잖아요? 여자들은 혼수를 하고요? 금액은 삼천 정도고요?”

“그렇지.”

“인구 오천만 명에서 이천만 명이 수도권에 살아요. 어느 통계에 보면 가임기 여성의 삼 분의 일이 수도권에 있대요. 그럼 결혼하면 수도권에 신혼집을 마련해야 하는데, 남자가 집을 구한다면 전세금만 해도 사억에서 오억, 자가로 한다면 최소 칠팔억은 있어야지요? 더하여 여성들은 남편감을 구할 때 아까 말한 것처럼 자신을 보호해주고 건사할 사람을 찾아 상향혼을 원해요. 자신들은 연봉 삼천 받고 모은 것도 없으면서 남자에게는 연봉 일억을 요구하고 집까지? 결론적으로 남자들은 결혼할 때 여자보다 많은 돈을 지불하지요? 돈으로 여자를 사는 것과 뭐가 달라요? 결혼은 함께 공동체가 된다는 것도 있지만 서로 성적 교류를 한다는 약속도 포함되어 있어요. 그래서 성관계 거부는 이혼 사유가 되고요. 남자가 많은 돈을 지불한다는 것은 성을 사고파는 것과 뭐가 달라요? 변형된 성매매, 매매혼이죠."

"야 그래도 결혼을 성매매로 생각하는 것은 너무 나간 것 아니야?"

"약간 그렇죠. 너무 나간 것 같기도 하고요."

나는 미소 지어 보였다.

"모두가 다 그렇다는 것이 아니에요. 남자와 여자가 비슷하게 내든지 아니면 없이 시작하라는 거죠. 힘들게 사는 것이 싫고 자기 친구들에게 비교되고 뒤처지기 싫어서 남자만 들들 볶는 거지요.

후배가 장가갈 때 여자 측에서 이십사 평 아파트를 대출 없이 얻지 않으면 결혼 안 한다고 해서 얼마나 속을 끓이던지. 삼십 대 초반이 사업하지 않는 이상 어떻게 사억을 모아요? 대출하지 말라는 거는 결국, 시부모에게 해달라는 말이잖아요. 시부모님 노후 자금을 빼서 사달라는 것이 뻔하죠. 그 어머님이 무척 속상해하시더라고요. 하시는 말씀이 아들 둔 게 죄라고 하시더라고요."

나는 눈살을 찌푸렸다.

“이렇게 해줘도 여자들은 ‘시’ 자만 들어가면 질색해요. 선배님 우리나라는 자본주의 사회죠?”

“그래 우리나라는 자유대한민국이다. 저 북괴 공산주의와 다른 자본주의를 택하고 있지!”

보수적인 성향이 강한 선배는 힘주어 말했다.

“자본주의 사회에서 남에게서 무엇을 받았으면 무언가를 지불하는 것이 당연한 거죠. 그게 현금이든, 노동력이든 무언가를 줘야 하는 거죠?”

“그렇게 당연한 것을 왜 물어?”

“그럼, 시부모 노후 자금을 받아 집을 얻었으면 시부모 노후를 챙겨야 하는 게 당연한 논리 아니에요? 모르는 사람이 내가 오억을 줄 테니 대신 주말에 한 번씩만 와서 보고 가라 하면 당장 할걸요. 이걸 왜 시부모에게만은 하기 싫은 건지. 싫으면 아예 받지 말고 단칸방에서 시작하든지요.

외국에서는 시부모와 며느리가 대등한 관계를 유지해서 고부갈등, 시집살이가 거의 없죠? 왜 그렇겠어요? 아무것도 안 받았거든요. 시부모에게 아무것도 안 받았으니 꿇릴 게 없는 거예요. 그러니 독립된 인격체로서 대등하게 요구하고 말할 수 있는 거예요. 외국의 이런 좋은 문화는 안 받아들이고 남자가 집 해오는 것이 전통이라고 계속 유지해야 한다고 지껄이고, 이상한 프러포즈라는 것을 들여와서 결혼식 전에 성대하게 해주기를 원하고 있어요."

"야, 프러포즈는 여자에게 결혼하자고 고백하는 건데, 결혼식 전에 왜 하냐?"

눈을 동그랗게 뜬 선배가 물었다.

"맞아요, 프러포즈는 유럽에서 여자에게 결혼하자고 남자가 여자 앞에서 고백하는 행동인데 한국에 잘못 들어와 결혼식 전에 여자를 감동하게 하는 허례허식으로 바뀌었어요. 호텔 레스토랑을 예약해서 명품 백이나 유명 메이커 반지를 선물해야 하고요. 받은 여자는 이것을 SNS에 올려 친구들에게 자랑질해요. 경쟁 붙은 여자들은 더 화려한 장소에서 더 비싼 명품 가방을 사달라고 남자친구를 닦달하고요. 자기가 받고 싶은 것을 왜 남자들한테 바라는 거예요?

군대 가산점은 남녀평등으로 없애면서 이런 것은 우리나라의 전통이라며 유지하려 하는 게 위선적이지 않나요? 거지 근성도 아니고 성을 이용한 요부 근성이에요. 자기가 팔려 가는 거라는 생각을 아예 못 하고 있어요. 홍등가 진열장 안에 서 있는 여자를 남자가 사 가는 것과 뭐가 달라요.

이런 이상한 문화, 프러포즈하는 커플이 얼마나 많은지 유명 호텔 레스토랑이 프러포즈 패키지를 내놨는데 얼마인지 알아요?"

"얼만데?"

"자그마치 팔백이래요, 팔백. 기본 사양이 팔백이래요. 남자 호구 잡아 아주 빨아 먹자는 심산이에요."

"아들 가진 집은 아주 거덜 나겠네. 집 해줄 돈 없으면 장가도 못 보내고 혼자 늙어야겠다. 네 말대로라면 내 딸 예은이가 시집갈 때는 바라지 말아야 하는 거야?"

"말했잖아요. 받으면 해줘야 하고, 준 사람은 준 사람대로 해주기를 바라는 거라고요. 딸이 당당하게 살기를 바란다면 아예 생각지 않는 것이 좋죠. 받지를 말아야지요. 남편한테도 당당하고 시부모한테도 당당하고요. 전에 예은이 보니 똑 부러지고 야무지던데, 그런 아이를 팔려 보내는 것처럼 시집 보내는 게 좋아요? 당당한 성인이 아닌 팔려 가는 노예 며느리로요?"

"안 되지, 내 딸이 얼마나 똑 부러지는데. 걔는 그렇게 살 애가 아니야. 굽히고 들어갈 필요가 없지. 네 말이 백번 맞다. 내가 살아보니깐 주면 뭔가 해주기를 바라게 되는 것이 사람 심리야. 네 말이 백번 맞다. 아쉽다, 딸 보낼 때 받고 아들 보낼 때 주면 계산이 딱 맞는데, 딸 때도 안 받고 아들 때도 안 주면 되는 거야? 야, 안 주고 안 받으니 나갈 돈이 없겠네."

선배는 환하게 웃었다.

"그렇게 하는 것이 자녀들에게 더 좋을 거예요. 그리고 선배 딸

예은이는 걱정 안 해도 돼요. 시집가면 시부모에게 사랑받을 거예요. 예의 바른 데다 예쁘고 공부도 잘했잖아요. 시부모에게 얼마나 잘하겠어요.

시부모에게 안 받아도 잘할 아이들은 잘해요. 시부모 어쩌고저쩌고 하는 애들은요, 인성이 안 된 거예요. 그런 애들은요, 자기 부모에게도 못해요. 그러고는 남편은 장인 장모에게 해줬느니 하고 따지는데 기도 차지 않아요. 막말로 이런 말이 있잖아요, '마누라가 예쁘면 처갓집 말뚝 보고 절한다.'라고요. 얼굴만 예쁘다는 표현이겠어요? 아내가 자기 부모에게 잘해주면 얼마나 고맙고 예뻐 보일까요? 속담처럼 처갓집 말뚝 보고 절할 정도면 장인 장모에게는 얼마나 잘할까요? 업고 다닐 겁니다."

"그래, 나도 아내가 아버지 어머니께 잘해주니 장인 장모께 더 신경 쓰고 솔직히 우리 집보다 더 자주 찾아뵙게 되더라. 장모님이 돌아가실 때 '우리 사위' '우리 사위' 하시는데 맘이 너무 아프더라고. 맏사위라고 엄청나게 아껴주셨는데. 장모님 상 치르고 집으로 오는 차 안에서 아내가 내 손을 꼭 잡고 나에게 고맙다고 하더라."

달을 향해 고개를 들은 선배의 눈이 반짝였다. 흘러나오는 눈물을 말렸다.

"형수 보고 싶다고 울지 말아요."

"아냐, 임마. 장모님 보고 싶어서 그래."

"제 장모님도 사위 중에 제일 낫다고 좋아하셨는데, 가까워서 아내에게 자주 가라고 하면 꼭 장모님하고 싸워서 오더라고요."

선배를 보며 웃었다.

"이야기가 재미있기는 한데, 성매매하고 섹스리스하고 무슨 상관이 있냐?"

"섹스리스의 본질에 관해 이야기하려면 결혼을 왜 하는지, 여자는 결혼할 때 남자에게 어떤 것을 바라는지, 성매매 금지가 어떤 영향을 끼치는지 이야기하다가 방향이 약간 빠졌네요. 다시 본래의 방향으로 와서 성매매 불법에 관해서 이야기할게요.

선배, 우리나라가 OECD 국가잖아요? OECD 국가 중에 성매매가 합법인 나라가 몇 개국일 것 같아요? 반대로 성매매가 불법인 나라가 몇 개국일 것 같아요?"

"야, OECD 국가는 선진국이라고 자부하는 나라들이니깐 우리나라처럼 불법 아니야?"

"그렇게 말씀하실 줄 알았어요. 정반대예요. 우리나라하고 슬로베니아 딱 두 개국이에요. 웃기죠. 더 웃긴 것은 일부 선진국에서는 성매매 여성을 성노동자라고 해서 노동삼권으로 보호해줘요."

"의외인데. 걔들은 왜 성매매를 합법화하고 성매매 여성을 보호해주는 거야? 몸 파는 여자들을."

"아까 성매매는 인류의 가장 오래된 본능에 따라 생긴 직업이라고 설명했잖아요? 성적 욕구는 인간이 어찌할 수 없는 가장 기본적인 욕구고요, 인간의 욕구에 따라 생긴 행위를 법으로 막을 수도 없고, 막으면 음지로 더 숨어들고 사회적으로 문제가 발생될 수 있다는 것을 알고 있는 거죠. 이성적으로 판단한 거죠. 단순히 감성적으로 싫다가 아니고요. 이런 판단을 할 수 있는 것은 유럽이 인간을 이해하는 철학과 인문학이 우리나라보다 발전되었기 때문일 거예요. 만약 우리나라였어 봐요, 인간의 '기본욕구'라면 어떻게 그런 말을 할 수 있냐면서 쓰레기 취급을 하죠.

단순히 자신이 불쾌하다는 것을 이유로 이성적 생각과 논의를 하지 못하게 만들었죠. 이런 것을 사회가 이성적 논리적으로 판단하고 이야기할 수 있다는 것이 대단한 것 같아요. 우리나라 여성들은 무조건 반대죠. 왜요? 내가 불쾌하니깐, 난 욕구를 느끼지 않으니깐.

우리나라에서는 어땠어요? 성매매를 불법화하고 집창촌을 없애버렸죠. 그러니깐 성매매 여성들이 주택가로 숨어들고 유사 성행위가 더 많아졌잖아요. 본능을 못 참는 남자들은 불법의 타이틀을 달고 범법자가 되고요. 이게 남자들만의 문제일까요?

성매매 여성의 자립을 돕는 자활프로그램 신청 건수가 14명이에요. 이것은 무엇을 말할까요? 여성들이 스스로 선택했다는 거예요? 계속 하겠다는 거잖아요. 또 힘들게 돈 벌기 싫다는 거고요. 인생을 낭비해서 좋은 직장을 가질 수도 없고요. 배운 게 없고 자격증도 없으면 어떻게 해야 해요? 상대적으로 위험한 일, 몸 쓰는 일, 허드렛일을 할 수밖에 없잖아요. 남자들은 힘쓰는 일을 하거나 위험한 일로 가지만, 여자들은요 상대적으로 쉬우면서 돈을 많이 받는 일에 관심이 가고 이쪽 일에 빠지는 거죠. 악순환에 빠지는 거예요.

이런 흐름을 아는 선진국에서는 성노동을 합법화하고 양지로 끌어내어 위험한 일 당하지 말라고 노동권을 보장해주면서 관리해주는 거예요. 매춘을 합법화, 비범죄화한 나라들은 여성 인권 등 인권 선진국의 비율이 높으며, 도리어 성매매를 규제하고 강력한 처벌을 하는 나라일수록 인권 수준이 낮은 경우가 더 많아요.

우리나라의 여성 인권이 매우 낮은가요? 우리나라에서 처음으로 집창촌을 부순 여자 경찰 김강자 방범과장이 여자면서도 나라가 성매매 여성을 법으로 보호해주는 공창제를 왜 주장했겠어요? 이런 문제점을 정확히 알고 있는 거죠. 이전의 집창촌은 문제가 많았다는 것을 인정해요. 하지만 이제는 사회적으로 인권 보장이 충분히 가능하잖아요? 여성 인권도 많이 높아졌고요.

사촌 중에 아름이가 있어요. 지금은 스무 살이 넘었는데 아름이 엄마가 아기 백일 때 바람 피워 이혼했는데, 이 아름이 엄마도 결국 그쪽으로 갔다고 하더라고요."

"왜 그쪽으로 갔대? 일하기 싫어서 간 거야? 요즘 여자들이 할 일이 지천으로 깔려 있는데, 우리 와이프도 시간제로 마트에서 계산원으로 일하고."

"힘든 일은 하기 싫은 거죠. 뭘 배웠어야 좋은 직장에 들어가죠. 그 여자가 얼마나 생각이 없었느냐면요, 아름이가 한 살일 때 설날에 만났는데 어른을 보면 인사할 줄도 모르고, 시어머니는 제사 준비하는데 구석에서 스마트폰 게임만 하고, 밤 되면 아기는 시어머니에게 맡기고 남편 꼬드겨 게임방에 가서 새벽에 들어오고, 자기 빨래도 시어머니에게 맡기는 생각 없는 여자였어요. 남편이 비상시에만 쓰라고 준 카드로 상간남과 돈 펑펑 쓰고 다니다 결국 바람피운 게 들켜서 이혼당했죠. 몇 달 사이에 쓴 돈이 일억이 넘더라고요. 아름이 아빠가 그 돈 갚느라고 삼 년 동안 고생했어요. 나중에 아름이 아빠에게 들어보니 아름이 엄마가 그쪽 길로 들어갔다고 하더라고요. 그런 인성으로 어디에 취직하겠어요, 노력 없이 쉽게 사는 것에 익숙해져 있는데. 재미있는 이야기 해줄까요? 들으면 선배 열받을 건데, 이런 여자들에게 정부에서 이천만 원 정도 지원금 주는 것 알아요?"

"그게 말이 돼! 무슨, 성매매가 권장할 일이냐? 지원금을 주게."

"선배도 그렇게 생각하죠? 성매매하지 않는다고 하면 정부에서 지원금을 천오백만 원에서 이천만 원 정도를 줘요. 더 웃긴 건 이게 지방에서 주는 거라, 가령 서울에서 받고 강원도로 가서도 또 받을 수 있다는 거죠. 재미있죠? 이렇게 하다가 들켜서 문제가 되었던 적이 있어요. 불법으로 세금 한 푼 안 내고 돈 번 애들이 우리 세금으로 낸 지원금을 가장 많이 받아가요. 뭔가 잘못되었죠?"

"이게 정부냐, 정부냐고! 미치고 팔짝 뛰겠네. 우리 딸은 학비 번다고 밤마다 편의점 아르바이트해서 간신히 천만 원 벌었는데 걔들은 뭐 한 게 있다고 돈을 받아가, 돈을."

선배는 담배를 신경질적으로 비벼 껐다.

"선배는 마약을 파는 사람, 아니면 마약을 하는 사람 어느 쪽을 더 강하게 처벌해야 한다고 생각해요?"

"성매매 이야기하다가 왜 마약 이야기가 나와?"

"관련 있어서 그래요. 어서 물음에 대답해봐요."

"글쎄다. 마약이 워낙 중독성이 강해서 쉽게 구할 수 있으면 쉽게 빠지지 않을까? 괴로운데 죽지는 못하고 현실은 벗어나고 싶고, 옆에 있으면 안 하겠어? 나도 유혹에 빠질 것 같은데. 그래서 판매자, 생산자, 유통자를 더 강력히 처벌하고 있는 것 아니야? 마약 한 연예인들이 금방 나오는 거 보면 마약 하는 사람들은 그렇게 형량이 높은 것 같지는 않더라고."

"맞아요, 십 년이라고 보면 돼요. 마약 생산자, 유통자, 판매자는요 십 년 이상부터 최대 사형까지 받아요. 마약을 흡입하는 자는 상대적으로 형이 적게 나와요. 심지어 집행유예를 받기도 하고요. 즉, 마약에 빠진 사람보다 마약으로 사람을 유혹하는 공급자를 나쁘다고 판단한 거죠. 아예 마약을 구할 수 없게 해 범법자를 만들지 않겠다는 법의 의지가 녹아 있죠. 성매매 처벌법은 어떨 것 같아요?"

"성매매처벌법도 같아야지. 면벽수련하는 스님도 아니고, 남자 성욕이 '난 안 생겨요.' 하면 안 생기는 것도 아니고. 성욕이 넘칠 때 성매매의 유혹이 온다면 누가 안 넘어가겠어. 쉽게 넘어가지."

"선배 생각처럼 같은 구조가 아니에요. 마약사범처럼 성매매를 알선하고 주선하는 행위는 최대 십 년의 징역에 처해요. 얻은 이익도 모두 추징되고요. 만약 여자가 강압 때문에 성매매했다면 처벌되지 않아요."

"당연하지, 억지로 성을 판 애들이 무슨 죄가 있겠어?"

"문제는 금전이 필요해 자발적 성매매를 하는 여성이에요. 여자가 조건만남으로 남자에게 호객행위를 하는 거죠. 둘이 같이 경찰에 걸렸어요. 처벌을 어떻게 받을 것 같아요?"

"여자가 유혹하는 거니깐 여자를 더 엄벌에 처해야 하는 것 아니야? 마약의 생산자와 판매자와 같은 거잖아? 마약에서처럼 공급자에게 엄벌을 처해야지."

"아니에요. 성매매 방지법에서는 공급자, 구매자가 같아요. 하지만 우리나라에서 성매매를 보면 남자는 가해자의 느낌이 강하고 여자는 피해자라는 느낌이 있잖아요. 그래서 남자는 초범에게는 기소유예, 다음에는 벌금으로 가는 경우도 많아요. 반면, 여자는 반성만 한다고 하면 기소유예가 떨어져요. 전직 검사였던 분이 말하길 성매매 건으로 여성이 법정에 선 경우를 본 적이 없다고 하더라고요. 다 기소유예로 갔다는 이야기죠."

"그게 법이야!"

선배가 일어나며 소리쳤다. 얼굴이 빨갰다.

"더 문제가 뭔지 가르쳐줄까요?"

"그래, 말해봐라. 성질 난다."

선배는 다시 담배를 꺼냈다.

"여성단체에서는 '성매매가 본질적으로 사회적 약자인 여성이 금전적 필요 때문에 자신의 신체를 상대방의 지배 아래 예속시키는 것'이라면서 성매매 방지법에서 성을 판매한 여자의 처벌을 아예 빼자고 주장하고 있어요. 또 '자발적 성매매가 성폭행'이라고 이상한 논리를 퍼트리고요. 지가 돈이 필요해서 성을 파는 건데 이게 성폭행이에요?

내가 어려워서 내 시간과 노동을 고용주에게 파는 것은 아예 특수폭행이겠어요. '난 노동이 싫어요, 그런데 먹고 살려고 해요. 이 사람을 고용한 고용주는 특수 폭행죄로 체포해주세요.' 웃기죠? 파는 사람은 피해자고 구매하는 남자는 폭행범이라니 이게 말이 돼요?"

"안 되지! 돈이 필요하면 일을 해야지, 왜 성을 팔아! 야간 아르바이트하며 성실히 일하는 내 마누라하고 내 딸은 뭐야! 마약처럼 공급하는 애들의 형량을 높여서 원천적으로 차단하면 아예 예방될 것 아냐! 그러고는 뭐 성폭행? 대가리에 정신이 제대로 박혀 있는 거야!

남자만 처벌하면 성매매해도 처벌 안 받으니깐, 일하기 싫은 여자들은 더 성매매에 나설 것 아니야. 거기에 걸려든 남자들을 협박하고 더 금품을 갈취할 거고. 막말로 요즘 먹고살려고 성매매하냐! 유흥비, 명품 가방 사려고 하는 애들이 더 많잖아! 정부에서 굶어 죽지 않게 보조금 주는 살기 좋은 세상인데 왜 몸을 팔아! 화나네."

"선배 화나죠? 저도 화가 나요. 참 이상하죠? 이상한 나라의 이상한 성매매 방지법 같아요. 이런 이상한 법이 미국에도 있었어요. 뭔지 알아요?"

"야, 성질 나서 머리가 안 돌아가는데, 머리 아프게 왜 자꾸 물어보냐?"

"죄송해요, 그냥 이야기할게요. 1920년에 시행된 금주법이에요. 사회 개선, 도덕 재건 운동을 목적으로 금주법이 제정되었죠. 어떻게 되었죠?"

"부작용이 많아 폐기되었잖아."

"네, 폐기되었죠. 금주법과 성매매 방지법은요 닮은 게 너무 많아요. 첫째 자신들이 생각한 엄격한 도덕성을 일반인에게 강요한 것, 둘째 인류의 시작과 함께해온 인간의 욕구를 범죄화하여 다수의 사람을 범법자로 만든 것, 셋째 돈 많은 사람은 버젓이 하면서 서민들에게만 강요하는 것, 넷째 페미니스트 여성단체가 주장하고 여성들에 의해서 폐기가 요구된 것이요."

"야, 너 어떻게 하나하나 잘 짚어 가면서 설명하냐."

선배는 내가 손가락을 하나하나 짚어가며 설명하는 것을 보고 웃었다.

"부부관계에 문제가 있어서 관심을 가지다 보니 이렇게까지 알게 되었네요. 첫 번째와 두 번째는 설명 안 해도 아시잖아요. 세 번째 문제는 알고 있죠? 술의 유통을 금지해 집에서 술을 담글 수 없는 서민들은 술을 먹을 수 없었으나, 술을 엄청나게 사놓은 부자들은 문제가 없었죠. 성매매도 마찬가지예요. 요즘 유튜브가 얼마나 개방되었는지, 주점에서 일하는 여자들이 나와서 주점에서의 에피소드를 이야기하는데 은근히 이차 이야기를 흘려요. 룸에 손님과 접대부 단둘이 들어간다는데 무슨 일이 없겠어요? 그저 가난한 남자들만 잡아 족치고 있는 거죠."

"그래 돈 많은 사람이 술만 마시겠냐? 독립된 룸에 들어가 술을 마시는데 여자가 있으면 어떻게 되겠냐? 뻔히 보이지. 마담이 애들 관리를 하는데 문제가 있겠어? 문제가 생기면 당장 돈을 못 버는데."

선배는 입술을 앙다물고 담배를 물었다.

"넷째도 웃겨요. 금주법 시행 전에 페미니스트가 주장하고 관련 여성단체들도 찬성했죠, 성매매 처벌법하고 비슷하죠. 시행해보니 부작용이 많이 발생하자 여성단체들이 자신의 실수를 인정한 거예요. 금주법 찬성 여성 정치인은 금주법 시행 전에 '내 아들들은 술 없는 세상에서 살면 매우 좋을 것이다.'라 했지만, 금주법 시행 후에 '막으니깐 오히려 건전한 시민들이 술에 빠져서 타락했으며, 이는 여성과 청소년에게 막대한 영향을 끼쳤다. 사실상 안 하느니만 못하게 되어 버렸다.'라고 실수를 인정했어요. 자신의 결정이 잘못되었음을 바로 인정하는 모습에 전 미국 사회가 대단하다는 것을 느꼈어요. 안 그래요, 선배?"

"정치인이 자신의 판단이 잘못되었다고 인정하는 것은 우리나라에서는 있을 수 없는 일이야. 깨끗이 인정하고 이것을 받아주는 국민, 미국이 초강대국이 될 수밖에 없지."

"만약 금주법 폐지 의견을 여성단체가 반대했다면 미국에서도 폐지가 어려웠을 텐데, 미국의 여성단체는 감정이 아닌 이성으로 금주법 폐지에 힘을 실어주었죠.

우리나라에도 이런 여성분이 있어요. 처음으로 집창촌을 부순 김강자 방범과장님이에요. 처음엔 성매매에 대해 반대했지만, 성매매 여성의 현실을 알자 생계형 성매매에 대해서는 합법화하자고 하셨죠. 단속을 하다 보니 생계형 성매매에 대해서는 합법화하는 것이 여성을 더 보호할 수 있다는 사실을 깨달은 거죠.

우리나라는 이런 문제를 꺼내기만 하면 여성단체들이 득달같이 달려드니 이성적인 판단이 안 되고 감성적 판단만 하게 되죠. 과연 성매매 방지법으로 성매매 여성들이 양지로 나왔을까요?

성매매 여성들도 이 법이 악법이라고 하며 자신들을 성노동자로 인정해달라고 했고요, 단속 과정에 여성이 자살하는 일까지 있었어요. 단속이 불안한 일부 성매매 여성들은 일본이나 동남아로 갔죠. 아까 설명처럼 부자들은 성매매를 위해 여행을 갔고요. 심지어 성매매를 철저하게 단속하던 경찰관도 현행 방식으로는 성매매를 없애지 못한다고 했어요. 변형되어 주택가로 침투하여 법 시행 후 성매매 사범이 줄어들기보다는 더 늘어났어요.

금주법과 판박이죠. 다시 경전의 시대로 온 것 같아요. 여성단체 자신들이 여성들에게 히잡을 강요하는 이슬람 원리주의자들과 같다는 것을 모르는 것 같아요. 이슬람 원리주의자들도 자신들이 맞다고 생각하는 도덕적, 종교적 신념을 여성들에게 강요하잖아요. 왜 자신들의 도덕적 신념을 일반인들에게 강요하냐는 거죠. 그것도 남자들에게만 가혹하게요."

"야, 남자들 살기 힘들다."

선배는 연기를 하늘에 길게 뱉었다. 둥글게 연기가 잠시 머물다가 바람에 사그라졌다.

"자녀들이 사춘기를 넘기거나 청년이 되면 엄마들에게 많은 변화가 생겨요. 생리가 줄거나 갱년기가 오고, 심리적 변화가 생기죠. 문제가 되는 것은 남편이 필요 없게 느껴지는 거예요.

원시시대에서의 여자는 자신과 자기 자녀를 보호해줄 남자와 성관계를 맺는다고 했죠. 육아가 끝났으니 이제 남편이 필요 없게 된 거죠. 남편이 용도폐기된 셈이죠. 호랑이와 곰처럼 남편이 없는 게 좋은 거죠. 남편이 미워지고, 어떤 분은 남편이 잠자고 있는데 베개로 눌러 죽여버리고 싶은 욕망을 느꼈다고 하더라고요. 이런 이유로 많은 부부에게서 섹스리스가 시작되는 시기이기도 하고요."

"무섭다. 야, 이제 베개도 살인 무기가 되는 거야? 집에 가면 칼과 베개는 다 숨겨야겠다."

"요리는 어떻게 해서 먹어요? 잠은요?"

"잠과 요리가 문제냐, 사는 게 우선이지."

같이 히죽히죽 웃었다.

"원시시대에서 남성들은 동굴 밖에서 생명의 위험을 느끼며 양식을 구해왔어요. 언제 적과 맹수를 만나 죽을지 모르는 상황 그 긴장감이 어땠을까요? 살 떨리는 공포감이겠지요. 그 긴장감을 풀 수 있는 곳은 가족들이 있는 동굴 안의 모닥불 앞이었어요. 그리고 아내의 품과 어머니의 품이었지요."

"맞다, 아내와 엄마의 품이 제일이지. 아내가 안아주면 그렇게 좋을 수가 없다. 갑자기 와이프가 생각나네."

"해리 할로우의 원숭이실험이 있어요. 원숭이 새끼에게 젖이 나오는 철사 인형, 엄마와 젖이 없는 복슬복슬한 천으로 된 인형 엄마를 주었는데, 철사 엄마에게는 젖만 빨고 대부분 시간을 천 엄마에게 안겨 있었다고 하더라고요. 원숭이도 이런 데 사람은 어떻겠어요?

2차 세계대전 러시아군 간호사로 참전한 여자 수기를 보면 죽어가는 어린 병사들에게 자기 젖가슴을 만지게 해주었다는 내용도 있어요. 병사들은 엄마를 그리워하며 죽었고요. 그만큼 남자에게는 여자가 안아주는 행위는 특별한 의미가 있어요.

직장에서 시달린 남자는 집에서 아내에게 불안한 감정을 위로받고 싶어해요. 그런데 아내가 거절한다면, 불안한 감정은 쉴 곳을 못 찾는 거죠. 기울어진 운동장처럼 남자들 성욕이 여자보다 강해, 성욕과 함께 분노가 올라와요. 감정이 막 널뛰는 거죠.

여자들은 이것을 본능적으로 알아요. 자신의 불만 사항, 조건들을 관철하기 위해 이것을 이용해 목을 죄는 거죠. 여자들은 자기들이 얼마나 잔인한 일을 하는지 모를 거예요. 그만큼 잔인한 것이 없죠. 거기에 아내가 나를 발정 난 개처럼 취급하면, 순간 아내를 죽여버리고 싶다는 생각도 들어요. 그럼 어떻게 할 것 같아요?"

선배는 입을 굳게 다물고 있었다.

"화장실에서 자위를 해요. 그대로 있으면 아내와 싸울 것 같거든요. 가정은 유지해야 하잖아요. 사정하고 나면 어느 정도 불안한 감정이 안정되고 미웠던 아내에 대한 감정도 사라지죠. 성욕이 마치 지옥의 목줄 같아요. 그런데 사람을 더 비참하게 하는 게 뭔지 알아요?"

선배는 고개를 흔들었다. 가득했던 미소는 사라졌고, 표정은 어두워져 있었다.

"아내의 얼굴을 생각하며 자위하는데 사정이 안 되는 거예요. 아내에 대한 사랑의 감정과 미움이 동시에 공존해요. 아내가 옆방에 있는데 자위한다. 기독교에서 말하는 외도 아닌가요? 아내가 있는데 아내 외적으로 성욕을 풀었는데? 이것이 성매매와 뭐가 다르죠? 문제는 자위하면 성적 욕구는 가라앉는다 해도 감정은 더 불안해진다는 거예요. 마음에 무겁게 남아요. 기분 더러워요. 진짜 성매매가 허용된다면 성매매 여성에게 풀고 싶다는 생각이 굴뚝 같아요."

나는 몸을 웅크리며 나직이 말했다. 대현 선배니깐 할 수 있는 말이었다.

이 은밀한 말을 누구한테 할 수 있겠는가? 남자에게 성은 자신의 건재함을 증명하는 것인데 이런 사생활을 어떻게 말할 수 있는가? 통계청 조사에 의하면 결혼한 부부의 섹스리스는 40%다. 신혼부부를 제외한다면 사십 대 이상의 부부는 70% 이상 섹스리스라는 것이다. 열 명 중 일곱이다. 다들 웃고 있고 부부관계에 자신 있다지만 속으로 곪고 있다.

아내와의 부부관계가 안 되면 회사 일도 잘 안 된다. 수원 선배도 전 형수와의 문제로 부부관계를 못 해 어렵다고 했다. 감정적 불안감이었다. 가슴속에 떠도는 허망함을 잊기 위해 더 많은 사람을 만나 억지로 떠들었다고 했다. 그러면 그 순간만이라도 불안한 감정이 가라앉는다고. 어찌 보면 남들 앞에서 웃고 있는 선배의 모습은 가면을 쓰고 자신을 치료하는 중이었다. 마음속 선배는 엄마를 잃은 어린아이처럼 울고 있었으리라.

선생님이 되어 아이들을 보면 어느 아이가 부모에게 교육을 잘 받았는지 알 수 있듯, 사무실 선배들을 보면 형수와 어떤 관계인지도 알 수 있었다. 형수가 내조를 잘해주는 선배는 감정적으로 안정이 되어 있기 때문이다.

부럽다. 가정을 유지하기 위해, 아내와 살기 위해 억지로 성욕을 풀어내도 문득 떠오르는 불안한 감정은 어찌할 수 없었다. 이 감정은 꼭 성욕으로 가장하고 다가온다. 그럼 자취방에서 자위를 한다.

"고생하고 있구나."

선배는 다른 남자들처럼 비웃지 않고 내 등을 쓰다듬어 주었다.

나는 고개 숙인 채 말을 이어 나갔다.

“여성단체들이 성매매를 금지한 이유는 남성들의 이런 불안함을 알고 정확히 파고든 거예요. 그래야 남성들을 자신들 앞에 굴복하게 만들 수 있으니깐요. 여성우월주의에 물든 여성단체들은 성매매를 남성들 혐오의 수단으로 사용하는 거죠. 우리나라가 오이시디 국가 중에서 자살률 1위인 것 아시죠?”

“그래, 우리나라만큼 자살이 많은 곳이 없지. 내 주변에도 자살로 생을 마감하신 분이 몇 분 계시지.”

“2022년에도 우리나라 자살률이 1위를 차지했는데요, 재미있는 것은 여자가 약 사천 명이라면 남자는 구천 명이에요. 남자가 압도적으로 높아요. 남자가 겉으로는 강해 보여도 내적으로 약하다는 것을 보여주죠.

한국의 남자자살률 비율은 사십 대부터 급격히 증가하여 나이가 많아질수록 증가하는 추세를 보여요. 여성의 심리와 호르몬 변화로 섹스리스가 사십 대부터 증가하는 비율하고 거의 비슷하지요?

이것을 증명하는 게 우리나라 다음으로 자살률이 높은 나라로는 리투아니아와 슬로베니아가 있어요. 슬로베니아는 국민 대다수가 절실한 기독교 신자로 우리나라와 같이 OECD 국가 중에서 매매춘을 불법화한 나라고요. 리투아니아는 농업 국가로 농촌에 남자들밖에 없는데 남자들이 고립감과 소외감을 해소하지 못해 자살률이 높다는 거예요.

높은 성욕으로 기울어진 운동장, 불안한 마음, 거기에 아내의 거부. 무언가 해결할 돌파구를 주어야 하는데 막혀 있죠. 이슬람원리주의 자들처럼 순수한 도덕성으로 무장한 여성단체와 여성우월주의를 숨긴 여성단체에 의해 성매매의 합법화 논의는 시작조차 되지 않죠.

제가 성매매를 찬성하자는 것이 아니에요. 그만큼 섹스리스를 당하는 남편이 감정적으로 너무 힘들다는 거죠. 선배 정서적 이혼이라는 말 아세요?"

"이혼은 이혼인데 정서적 이혼이 뭐냐?"

"여자는 대화를 통해 사랑을 느껴 섹스로 가지만 남자는 섹스를 통해서 사랑을 느낀대요. 선배님은 안 그래요?"

"여자도 섹스를 통해서 사랑을 느끼는 것 아니야?"

선배는 눈을 동그랗게 뜨며 말했다. 손가락 사이에 끼워져 있던 담배는 혼자 연기를 내고 있었다.

"형수는 선배님이 가족을 부양해주는 것만으로도 사랑하고 사랑의 감정을 느끼니깐 그렇게 착각하실 수도 있죠. 선배님 세대의 형수들은 참 현명하시고 헌신적이고 참 고마운 분이세요. 형수님에게 사랑한다는 말을 꼭 해주세요."

고개만 돌려 선배에게 웃어 보이고 다시 고개를 숙였다. 그리고 이야기를 이어갔다.

“여자는 로맨스 드라마, 영화, 소설을 통해 성욕을 느끼고, 남자는 포르노를 보고 성욕을 느껴요. 재벌집 잘생긴 젊은 남자가 애 딸린 연상 이혼녀를 좋아하는 공중파 막장 드라마와 스물세 살 남자가 서른다섯 살 방구석 노처녀에게 들이대는 웹소설과 웹툰의 주 소비층이 삼사십 대 여성임이 이를 증명하죠. 어떤 사람은 이런 것을 남자들의 포르노와 같다고 해서 남자 친구하고 같이 보지 말라고 조언해주는 사람도 있어요. 사실 그런 드라마 보고 여자들이 남편과 남친을 남자 주인공하고 비교하는데 누가 좋아하겠어요. 남자가 아내와 여친을 포르노에 나오는 여자 주인공과 비교하면 어떻게 되겠어요? 바로 헤어지거나 이혼이겠죠. 자신들은 비교당하는 것을 제일 싫어하면서 남자들을 비교하는 것을 왜 즐기는지 이해가 안 가요.

자기만의 시각으로 상대가 먼저 맞춰주기를 요구하다 관계에 금이 가는 거죠. 서로 대화도, 아는 척도 안 하게 되죠. 서로 투명인간 취급하는 거예요. 이걸 정서적 이혼이라고 해요.

남녀의 사랑을 느끼는 차이, 감정의 차이, 이런 차이를 미리 알았으면 서로 배려하고 고통스러운 섹스리스도 적어지고, 서로 사랑했던 사이니깐 아내가 대화를 원한다는 것을 알았으면, 더 베풀고 아내도 남편이 성적으로 만족감을 얻고 싶어 한다는 것을 알았으면 사랑할 때는 먼저 배려했을 것 아니에요. 부부의 사랑 방식에 대해 누가 가르쳐주었으면 얼마나 좋았겠어요. 선배님 직장에서 성인지교육 받아보셨죠?"

"그래, 받았지. 지금도 직장에서 의무적으로 받고 있고, 양성평등 뭐 어쩌고, 저쩌고 하는데, 말도 안 되는 내용도 많더라. '레이디 퍼스트'라는 말이 지뢰밭에 여자를 먼저 보내기 위해 나온 표현이라고 하지를 않나, 남성은 잠재적 가해자라고 하지를 않나, '김치남' '재기해' 같은 남성 혐오 표현은 혐오가 아니라는 말을 하는데, 듣고 있다가 화가 치밀더라. 성희롱 교육은 이런 법이 생겼으니 남녀지간에 말하지 말라고 가르쳐주고, 여성들에게는 어떤 것이 신고 대상인지 가르쳐주더라. 성희롱 강사가 이제 사무실에서 동료끼리 가까이 지내지 말고 날씨 이야기하고 업무 이야기만 하라고 하더라, 나 참."

"여성가족부가 여성단체들이 말하는 내용을 여과 없이 내보내는 것에 문제가 생긴 거죠, 성희롱방지 교육은 성희롱방지법이 생겼으니 법을 어기지 말라는 교육이라 어느 정도 이해 가는데, 성인지 같은 교육이 과연 필요할까 몰라요. 교육하는 사람들이 여성단체 사람들이고 가르치는 내용이 양성평등이다 보니 여성의 내용에 치중해 있어서 마치 페미니스트 교육 같아요. 여자아이가 핑크색 옷을 입는 것은 차별이다, 여성이 가정일을 하는 것은 차별이다 등이요. 그런데 여기서 남자에 대한 평등은 빠져 있죠. 이런 교육이 과연 중심이 잡힌 올바른 교육일까요?

마치 여성단체 홍보를 나랏돈 받으며 하는 것 같아요. 그리고 이것을 의무로 만들어서 유치원부터 시작해서 학교에서 가르치자고 해요. 그럼 어떻게 되겠어요? 아이들이 성 정체성에 더 혼란을 일으킬 것 같지 않아요? 여자아이가 화려한 옷을 입은 여자 인형과 핑크색 옷을 좋아하고 소꿉장난으로 엄마 역할을 하면 '이게 다 아빠들이 만들어놓은 사회적 편견 때문에 너희들이 이렇게 된 것이다.' 하고 네가 잘못 배웠다고 하면 아이는 어떤 생각을 할 것 같아요? 아이 스스로 자신이 화려하고 예쁜 여자 인형을 좋아하는 것에 죄의식을 느낄 것 같지 않아요?

그걸 왜 여성단체들이 주장하는 방향으로 결정하고 선을 그어주는 거죠? 그냥 아빠와 엄마에게 또 사회를 통해서 자연적으로 배우면 되는 것 아닌가요? 자신들이 옳고 그르다는 선을 왜 자신들 기준으로 긋죠. 언제 국민 여론을 수렴한 적 있나요? 아이들에게 선불리 가치관을 잘못 가르쳐주면 위험하다는 것을 2차 세계대전의 히틀러 청소년단을 보고도 깨닫지 못했나 봐요. 그 히틀러 청소년단이 어떻게 되었어요? 자기 부모도 고발하고 전쟁터에 총알받이로 들어갔잖아요. 나라를 뒤집을 만한 위험한 생각이에요. 아이가 혼란스러운 것을 떠나, 결국에는 자신들과 같은 편견을 가진 아이들을 만들고 편견에 빠진 아이는 이런 사회를 만든 아빠를 미워하겠죠. 완전히 가족을 해체하는 교육이에요.

제가 말하고 싶은 것은 남녀를 편 가르기를 해서 가족을 해체하게 만드는 성인지, 성희롱방지 교육보다 남녀가 어떻게 해야 조화롭게 살 수 있는지 가르쳐주는 부부관계에 대해 예산을 더 집중해야 한다는 거예요. 여성가족부면 가족을 유지하게 하는 정책을 펴야 하는 것 아니에요?

이런 교육의 결과로 가족의 행복한 모습을 보여주면 혼인율과 출산율도 자연스럽게 올라갈 거예요. 그런데 우리 여성가족부는 안 할 거예요,

왜요? 우리나라 여성단체들은 비혼주의를 주장하는 페미니스트들이 많아서 그런가, 남녀가 함께 하하 호호 하며 잘사는 것을 배가 아파 볼 수가 없거든요."

선배도 웃고 나도 웃었다.

"그래 우리 딸이, 대학 입학하고 여성 평등 어쩌고저쩌고 하는 단체에 들어갔는데, 남자 친구하고 찍은 사진을 SNS에 올리니깐 교육받은 애가 왜 남자를 사귀냐고 선배들이 득달같이 따지더라는 거야. 그래서 바로 탈퇴했다고 하더라고. 그리고 가부장적인 아빠도 우리의 적이라고 하고."

"어떻게 알았어요?"

"우리 딸은 나에게 다 이야기하잖아."

"제가 보면 여성 동아리의 애들은요 정서가 불안하고 감사할 줄도 모르고 피해의식에 쩔고 헌신하여 자기를 길러준 아버지도 권위주의 타파 대상이라고 생각하는 아이들이에요. 이런 애들이 어떻게 남자와 연애하겠어요? 자기는 남자와 연애를 못 하니 다른 애들도 못 하게 하는 심사죠. 아까 말했죠? 우리나라 여성단체는요 남성과 여성이 함께 조화롭게 잘사는 것에 초점이 맞춰져 있는 것이 아니라, 여성의 권리만 주장하는 극단적 페미니즘이 굉장히 강해요. 예은이는 형수님 닮아 현명한 것 같아요. 아빠도 닮고요."

"음, 누구 딸인데."

선배는 흐뭇하게 웃었다.

"이렇게 여자들이 정서적 이혼을 하게 만드는 불만이 뭔지 아세요?"

"뭘까? 돈 못 벌어오는 것."

"그것도 있겠죠. 요즘 유행하는 것에는 독박육아예요. 자신들이 집에 들어가 전업주부를 해서 자신의 커리어가 망가지고 꿈도 포기했다는 거예요."

"독박육아는 직장여성들이 집안일도 하고 애도 보고 하는 것을 말하는 것 아니야? 전업주부가 무슨 독박육아야."

"제 말이요, 그렇게 따지면 남편은 독박벌이하는 것 아닌가요?

대체로 여성은 서비스직에 많이 근무해요. 서비스직 특징이 경력 쌓기가 어렵고 대체되기 쉽다는 거죠."

"서비스직엔 그런 단점이 있지. 손쉽게 사람을 바꿀 수 있는데 사업주가 임금을 올려주겠어? 아마 십 년이 지나도 월급이 그대로 일걸. 그냥 최저 임금에 맞춰져 있어. 우리 여자 경리도 마찬가지야. 처녀 때 와서 아기 엄마가 되어서도 다니는데 그냥 월급이 처녀 때와 비슷해."

"그렇죠. 이런 직장은 경력을 쌓으려야 쌓을 수 없는 직장이에요. 그러고는 경력을 망치고 내 꿈을 꺾었다고 하며 남편을 원망해요. 결혼하고 애 낳기도 전에 전업주부를 한다고 회사를 그만두는 이유가 이런 직장에서 일하는 게 싫어서인데도 남편을 원망하죠. 모든 원망은 다 남편이에요. 그럼 집안일은 잘하냐, 남편이 세 끼를 먹고 가면 삼식이, 두 끼를 먹고 가면 이식이, 한 끼를 먹고 가면 일식이 하면서 비하하고 귀찮아하고. 이것뿐이면 다행이에요, 아침밥은 일어나기 힘들어서 안 하고 저녁은 외식으로 때워요. 집안일은 남편이 퇴근하고 오면 기다렸다가 설거지해달라, 청소해달라, 쓰레기 비워달라, 음식물 쓰레기 버려달라, 빨래 좀 돌려달라고 해요. 왜 그때 하는지, 낮에 좀 하면 안 돼요?"

"난 알겠는데. 다 낮에 놀러 나가 있거든. 남편 출근 시간이 놀러 가는 시간이거든. 어디로? 커피숍하고 스크린 골프장으로. 한 달 전에 항공 방제를 나갔다가 기상이 안 좋아 취소되어서 아홉 시에 커피숍에 갔는데 아주머니들이 다 차지하고 있더라. 야, 얼마나 많던지 한 자리만 남아서 간신히 들어갔어. 커피 마시고 조종사들하고 스크린 골프장 가니깐 아주머니들이 단체로 치고 있더라. 주인에게 물어보니 아홉 시가 넘으면 저렇게 단체로 온다더라고 그리고 세 시 되면 다들 집으로 가고."

"그렇죠. 그렇게 하고서는 남편이 올 때 꼭 맞춰서 청소, 빨래하는 거예요. 원망 거리 찾는 거죠. 하는 일이 없으니 낮에 인스타그램과 맘카페에 들어가 결혼 안 한 친구들이 호캉스 다니고 명품백 들고 다니는 사진을 보니 현재의 자신과 얼마나 비교되겠어요. 남편 때문에 자신이 손해 보고 사는 것 같은 느낌이 들고 불만이 쌓이는 거죠."

"그러기야 하겠냐? 성급한 일반화 아니야?"

"선배님, 제가 근거 없이 그러겠어요? 2019년에 서울대 하고 카카오하고 행복지수를 조사했는데 이삼십 대 여성들의 행복지수가 가장 낮았대요. 이유가 이삼십 대 여성은 물질주의가 심하고 감사하는 감사지수도 낮고 남과 비교하는 경향이 강해서 신경증, 정서불안이 높았대요. 제가 설명한 것하고 딱 들어맞죠.

답답해요. 자신들이 현재 상황에 불만이 있으면 남편과 함께 어떤 노력을 할까 연구해야 하는데 그저, 남자한테만 불만을 느끼는 거죠. 여성평등, 여성독립을 외치지만 남성들이 다 해오기를 바라는 거죠. 그리고 못 해주면 남편들을 원망하는 거죠. 남자들이 불쌍해요. 이것이 진정 여성 평등일까요?"

"야, 너는 사십 대인데 어떻게 이삼십 대 애들하고 연결하냐?"

"선배님, 썩은 귤 이론 알아요? 귤 상자에 썩은 귤이 하나 있으면 그 옆의 성한 귤도 썩게 만든다는 썩은 귤 이론이요. 매스컴과 드라마에서 이런 피해의식의 방송이 많이 나와요. 이런 것들이 성실한 아내들에게 전염시키는 거죠. 방송사 작가 중에 페미니스트들이 많다잖아요. 《82년생 김지영》을 본 와이프가 어느 날 나에게 독박육아로 힘들다면서 불만을 토로하더라고요. 저도 저 나름대로 외벌이, 독박벌이하면서 살아왔는데 너무 실망스럽더라고요. 그래도 저는 와이프가 이해되는 게, 두 아이를 초등학교 때는 영수학원 안 보내고 집에서 가르쳤으니 힘들었을 거예요. 고맙죠.

그런데 저와 같은 나이의 친구가 있는데, 그 친구도 섹스리스더라고요. 그 친구는 아홉 살 아이가 하나로 아이가 아홉 시에 학교에 가면 방과 후 학원까지 저녁 여섯 시에 집에 온다고 하더라고요. 이런데도 아내가 독박육아로 힘들다고 불만을 토로한다고 하더라고요. 참 어이가 없죠."

"호강에 요강을 타는구나."

선배는 어이없어했다.

"신혼 초에는 조기 출근한다고 하면 아내가 새벽에 일어나 도시락을 두 개씩 싸주었는데, 서로 같이 열심히 살자고 노력했는데, 왜 이렇게 되었는지 모르겠어요. 섹스리스가 되면 가장 무서운 게 외로움이에요. 가족에게서 혼자 동떨어져 있는 느낌이 너무 싫어요."

선배는 내 등을 어루만져 주었다.

"내가 잘못한 것도 있지만, 페미니즘에 물든 여성단체의 왜곡된 주장과 그 주장을 받은 여성들이 만든 문화가 행복하게 잘 살고 있는 여자들에게 영향을 끼친 것 같아요. 이런 여성단체의 주장이 잘못되었다는 것을 사람들이 인지할 때가 언제일까요? 출산율이 바닥나 0.6보다 더 떨어져 나라가 망하면 사람들이 그때 가서야 인지할 거예요."

"야, 여성단체에 대해 비난을 너무 많이 하는 것 아니냐. 여성 인권이 낮을 때 여성단체가 많은 일을 한 것은 사실이잖아."

"그렇죠, 제가 힘들어서 너무 나간 것 같기도 하고, 고통스러워 외부로 원망을 돌리는 것 같아요. 제가 원망하는 여성단체는 4B라고 이십 대 젊은 여자들에게 비연애, 비결혼, 비출산, 비육아 하라고 해서 출산율 바닥 내고, 꽃다운 이십 대에 이 년간 군 복무하는 남자들에 대한 혜택을 주자고 하면 이걸 남녀 차별로 몰아가 국군장병의 사기를 저하해 우리나라 안보를 개박살 내는 그런 여성단체를 말하는 거예요. 선배님?"

"왜?"

내가 선배의 귀에 조용히 말했다.

"간혹 저런 주장 하는 여성단체들을 보면 북괴의 지시를 받고 암약하는 것 아닌가 하는 생각도 들어요."

"그래, 출산율 바닥 내 남한이 자연히 사라지게 만들고 국군 장병 사기를 저하하여 국가 안보를 위협하니깐."

선배와 나는 크게 웃었다. 차가 크게 흔들렸다.

"선배님, 지금 우리 처지가 꼭 스위스 용병 같다는 생각이 들어요."

"왜?"

"중세 스위스는 먹고살 게 없어서 열일곱 살, 창을 들 나이가 되면 남자들은 용병으로 고향을 떠났대요. 가족과 아내, 아이들을 위해서요. 짧게는 이십 년, 길게는 삼십 년을 전장 속에서 사는 거예요. 생과 사를 오가는 전장에서 버티는 힘은 오로지 가족이고요. 이렇게 해서 나이가 들어 은퇴하고 집에 가면, 가족들이 잘 반겨주었을까요?"

"가족을 위해 전쟁터에서 살아왔는데 잘 반겨줘야지."

"아니요. 처음에는 잘 받아주었겠지만, 가족들과 그들의 이십 년, 삼십 년 삶의 간극은 너무 커서 메꿀 수가 없었어요. 베트남 참전 용사분들처럼 전쟁 트라우마도 겪었을 거예요. 가족들이 힘들어졌겠지요. 남편이 없었을 때는 아무 문제 없었는데 남편이 돌아오자마자 모든 것이 변했어요. 가족들은 내심 남편이 없어지기를 바랐죠. 어떻게 했을 것 같아요?"

"어떻게 했는데?"

"골짜기로 데려가 떨어트리거나 돌멩이로 머리를 쳐서 죽여버렸대요. 불쌍하지요. 평생을 오로지 가족만을 위해 전쟁터에서 버티고 살아왔는데, 그들이 얻은 거라곤 가족과의 거리감과 간극, 그리고 가족에 의한 죽음뿐이었어요. 가족들에게 그들은 오로지 돈을 보내주는 사람 그 이상도 그 이하도 아니었어요. 가족이라고 진정 생각했으면 그들의 아픔도 이해하고 보듬어주려 노력했어야 했는데, 아내와 아이들은 그를 가족이라 생각지 않은 거죠. 이제는 필요 없어졌으니 사라져줘라. 막말로 용도폐기된 거죠.

아내와의 문제도 있지만, 주말에 집에 가면 편하지 않고 더 불편해요. 간만에 집에 갈 때면 아내와 아이들이 반겨주겠지 하는 기대를 품고 가는데 기대와 다르게 아내, 아이들의 반응은 없어요. 거실로 들어가면 아내와 아이들이 무언으로 '우리끼리 잘살고 있는데 왜 왔어?' 하고 말하는 것 같아요. 우리 평온한 일상에 왜 끼어드냐 하는 느낌이죠. '당신만 없으면 우리는 편해, 어서 꺼져.' 하고요. 이런 주말을 보내고 월요일 새벽에 운전하고 오면 핸들을 돌려 죽어버리고 싶은 느낌이 불끈 올라와요. 선배님, 남자로 살기 너무 힘들고 외로워요."

"힘들지, 준호야. 남자는 그렇게 처자식을 위해 살다가 죽는 게 숙명이야. 네 말처럼 그렇게 타고난 것을 어떻게 해?"

선배는 등을 쓰다듬었던 팔을 잡아당겨 나를 안았다. 벅차오르는 감정에 나는 울음을 터트렸다. 선배는 나의 팔을 쓰다듬어 주었다.

아내와 아이들의 외면 그에 따르는 불안한 심정, 흔들리는 마음의 심연을 들여다보면 그곳에는 외로움이 움트고 있었다. 외로움, 그것은 어디서 올까? 내가 꿈꾸던 아내와 가족들의 모습과 현실의 괴리에서 발생하리라. 가족을 위해 힘들게 삶의 무게를 짊어졌던 지친 몸뚱어리를 집이란 울타리에 내려놓고 싶지만 기다리는 것은 외면이다.

작고 무거운 외로움은 심연에 가라앉아 나도 모르게 나를 조종한다. 고통스러운 외로움을 끄집어내려고 심연의 물을 미친 듯이 퍼내지만 줄어들지 않는다. 외로움을 떨쳐버리기 위해 일에 몰두하고, 거짓된 가면을 쓰고 직장 동료들과 떠들썩하게 대화하지만, 돌아서면 언제 그랬냐는 듯 외로움이란 것이 나를 지배한다. 제일 무서운 것은 퇴근 시간이다. 다시 혼자가 되어야 한다는 두려움이 몰려온다. 심연에 가라앉았던 외로움이 나를 지배하기 시작한다.

이런 나를 잡아주었던 것이 대현 선배와 수원 선배였다. 이들이 아니었으면 어쩌면 심연의 외로움에 무릎을 꿇었을지도 모른다.

"딩동."

"딩동."

전자음이 울렸다.

"준호야, 기지국이 살았나 봐. 이제 안테나가 뜬다."

선배 말에 나도 폰을 꺼내 들었다. 안테나 표시선이 모두 들어와 있었다. 죽었던 통신이 살아났다.

"띠리링~."

바로 전화가 왔다. 화면에 '민수원 검사관'이란 이름이 떴다. 화가 치밀어 올랐지만 참고 통화 버튼을 눌렀다.

"선배 어디야!"

"준호 검사관, 여기로 와줘."

나의 격한 목소리와 달리 선배 목소리는 힘이 없었다.

"동천 길목. 여기 전에 우리 사무실 야유회 하려고 놀러 왔던 곳, 기억해?"

"네, 기억해요, 선배! 대체! 무슨 일 때문에 미친 사람처럼 돌아다니는 거예요!"

결국 참았던 나의 화가 폭발했다.

"준호 검사관, 묻지 말고 일단 와줄 수 있어?"

"뚜~."

전화가 끊어졌다.

“어디래?”

대현 선배가 물었다.

“어디인지 알았어요. 일단 가요.”

갓길에 주차했던 차를 후진으로 뺐다. 헤드라이트를 켜니 오른쪽 하나만 들어왔다. 고라니와 부딪친 쪽 왼쪽 라이트가 결국 죽어버렸다. 그래도 주행은 가능하다. 우리는 민수원 검사관이 기다릴 동천 길목을 향해 출발했다.

7

그때 모습이었다.

이혼 도장을 찍고 전 형수가 모든 짐을 빼서 집을 나갔을 때 모습. 어두컴컴한 거실 한쪽에 쓰러지듯 앉아 있던 선배. 망연자실 풀어진 눈으로 어두운 거실만 응시하던 그때의 모습. 그 순간 그는 과거의 행복했던 순간에 가 있었으리라.

"괜찮아요?"

나는 운전석에 멍하게 앉아 있던 선배 어깨를 흔들어 지금으로 불러냈다.

"어, 어. 준호 검사관 왔어?"

대현 선배와 나는 수원 선배를 갓길에 세워진 차에서 내리게 했다. 2013년식 고물 아반떼였으나 잘 달리는 녀석이었는데 지금은 보닛부터 유리창까지 처참하게 부서져 있었다. 갓길에 박혀 있는 모습을 보니 내가 더 속상했다.

고라니였다. 우리처럼 미쳐 날뛰는 고라니가 결국 사고를 쳤다. 뛰어오르던 녀석을 쳤다. 범퍼와 함께 부서진 몸은 앞 유리창에 부딪히고 차 뒤로 떨어졌다. 깨진 유리창에는 그 녀석의 붉은 피가 흐트러져 있었다.

대현 선배와 함께 쓰러져 있는 고라니에게로 갔다.

나는 쪼그려 앉아 녀석을 물끄러미 바라봤다. 붉은 피가 콧구멍 사이로 흘러나와 아스팔트를 검게 물들이고 있었다. 녀석은 간헐적으로 발작을 일으키며 숨을 힘겹게 내쉬었지만, 하얀 입김은 점점 작아졌다. 입김으로 생긴 하얀 연기의 크기는 녀석의 마지막 생명의 힘이리라. 남은 생명의 크기처럼 입김의 크기는 작아졌다.

"저기 새끼가 있네."

어느 순간 담배에 불을 붙인 대현 선배가 담배를 끼운 손으로 수풀을 가리켰다. 인광 두 개가 불안하게 움직이는 것이 보였다. 어둠 속에서 흐릿하게 작은 고라니 모습이 보였다. 녀석, 가지 못하고 있었다. 무엇을 해야 할지 몰라 죽은 어미를 떠나지 못하고 있었다.

나처럼.

"이 녀석도 어미였네, 저 새끼는 어쩐다냐?"

담배 한 모금을 마신 선배가 말했다. 말과 함께 섞여 나온 담배 연기가 선배를 감쌌다가 바람에 사라졌다.

가야 한다.

어찌 되든 가야 한다.

살아남은 생명은 어디로든 가야 한다.

원시의 인간은 걸음을 멈추는 때가 죽음의 순간이었다.

멈추지 말고 가야 한다.

죽음을 따돌려야 한다.

그것이 발버둥이다.

멈추는 순간 죽음이 다가와 삶의 의지를 갉아먹는다.

저 새끼 고라니도 떠나지 않으면 죽음이 먹어버릴 것이다.

죽음이란 녀석에게 저 새끼 고라니를 줄 수 없다.

나는 돌멩이를 집어 들고 일어났다. 힘껏 던졌다. 녀석은 풀숲으로 사라졌다. 빌었다. 제발 다시 돌아오지 않기를, 어미를 먹은 죽음이 이제 너를 노리고 있다는 것을 알고 제발 멀리 사라지기를, 나와 같이 살기 위해 계속 발버둥 쳐보자고 맘속으로 새끼 고라니와 약속했다. 살아보자고.

"선배 미쳤어! 대체 뭔 일이기에 가져오라는 부속품은 안 가져오고, 헤매고 다니는 거야!"

모닝 뒷자리에 무겁게 앉아 있는 수원 선배에게 나는 매섭게 몰아쳤다. 넋 나간 듯 앞자리의 머리받이만을 바로 보던 선배가 우리를 향해 고개를 돌리며 입을 열었다.

"딸, 큰딸이 울면서 전화했어. 살려달라고."

나는 입술을 깨물었다. 선배의 큰딸, 미혼모 보호시설에서 엄마와 함께 온 딸, 가장 많은 사랑을 주었지만, 아빠에게 많은 것을 원하는 것이 엄마와 꼭 닮은 딸. 야무진 딸은 대학 진학 대신 영어 강사로 스무 살부터 독립했다. 화려한 인기 영어 강사로서 많은 보수를 받았다. 이십 년 일한 일반 직장인의 월급 수준. 우리는 그 액수에 놀랐다.

염색한 긴 금발 머리에 화려한 메이크업과 액세서리, 딸의 SNS를 보며 선배는 자랑스러워했다. 작업 중간에 쉴 때면 "우리 딸 잘 살고 있지?" 하며 딸 사진을 보여주며 자랑했다. 청강하는 여학생들의 우상으로 학원에서도 인기가 높았다.

스마트폰 속 보이는 화려함과 실제의 세상은 다른 것이었을까? 전 형수와 이혼하기 전에 딸이 선배를 찾아왔다. 이유는? 영국 유학비용을 달라고, 선배는 대기업에서 산림청으로 이직한 상태로 대기업이었으면 모를까, 지금은 뻔히 보이는 공무원 월급. 선배는 어렵다고 말했다.

딸은 "딸의 꿈도 못 이루어주는 무능력한 아빠"라는 말을 남기고 떠났다.

선배는 힘겹게 말을 이었다.

"딸이, 맘이 급했나 봐. 영국 유학비용을 모으는 게 급해지자, 비트코인 투자를 하게 되었대. 자기가 하는 게 아니라 위탁이었어. 사이트도 있고 신뢰가 가는 댓글도 많았대. 처음에 천만 원을 투자하니깐 한 달 후에 이천만 원을 주더라는 거야. 그래서 욕심에 다른 사람들 돈도 빌리고, 은행에서 대출받고, 사채도 조금 썼나 봐. 계산대로라면 석 달 뒤에 목표한 금액이 모이는데 두 달 전에 사이트가 먹통 되고 사장은 연락두절이라는 거지. 먹고 튄 거지. 전형적인 사기 방법이잖아.

단기간 돈을 끌어당겼으니 대출 상환액을 갚아나가기가 어렵고, 부탁하려고 친구들에게 연락해보니, 다 연락을 끊더라는 거지. 후배들에게 자기를 자랑하고 결혼 이야기도 나왔던 남자 친구도 연락을 제일 먼저 끊고, SNS 계정도 다 차단하더래. 사회생활을 처음 하는 애가 얼마나 힘들었겠어. 이러던 사이에 사채업자에게 전화가 왔나 봐. 얼마나 무서웠겠어? 그래서 나에게 전화를 했더라고. 통화하는 내내 무섭다고 울면서 전화하더라고. 그 소리를 들었는데 어떻게 해. 사채업자가 딸을 어떻게 할 것 같고."

선배는 두 손으로 얼굴을 감쌌다.

"하, 선배 그래도 저에게 상의할 수 있잖아요?"

눈살을 찡그리며 말했다.

"어떻게 부탁을 해? 준호 검사관 사정을 내가 뻔히 아는데."

턱 말문이 막혔다. 할 말이 없던 나는 돌아서며 앞문에 기대고 고개를 숙였다. 선배에게 딱히 빌려줄 돈도 없었다. 아무것도 할 수 없는 내 존재가 원망스러웠다. 속이 쓰렸다.

"수원이가 그래도 나에게는 말했잖아. 차는 부서졌지만, 수원이도 건강하게 있잖아. 자, 담배 한 대씩 피우고 힘내자고."

대현 선배가 웃으며 담배 한 개비씩을 수원 선배와 나에게 주었다.

"우리에게는 잠시나마 마음의 위안을 주는 담배, 도파민이 있잖아."

선배는 불을 붙이며 말했다.

우리는 하던 말을 멈추고 길게 연기를 빨았다. 약속하지 않았지만 우리는 동시에 담배 연기 섞인 숨을 길게 내쉬었다. 우리 사이엔 대화 대신 연기가 잠시 머물렀다. 바람에 연기가 사라지자 대현 선배가 말했다.

"그래도 수원이가 나에게는 부탁했잖아. 준호도 기분 풀고. 수원아, 대체 어디로 가려고 했던 거야?"

"대구에 있는 스카이호텔 커피숍이요. 딸과 함께 사채업자를 새벽 세 시에 만나고 올 작정이었어요. 사채업자가 원금 받고 다시는 딸에게 연락하지 않을 건지 확답도 받고, 딸이 괜찮은가 보고도 싶고요."

"물론 가봐야지. 딸인데 가봐야지. 아빠면 당연히 가봐야지."

대현 선배가 강하게 말했다.

우리는 시간과 동선을 따져 봤다. 대구의 스카이호텔까지 빨리 달려야 세 시간, 왕복 여섯 시간이다. 그런데 선배가 S-64 항공기 부분품을 가지고 있다. 이것을 관리소에 가져다주고 가면, 가는데 한 시간 돌아가는데 한 시간 합쳐서 두 시간이 더 걸린다. 약속한 세 시까지 시간을 맞출 수 없다. 더하여 항공기 부분품을 교환하려면 사전 작업을 해야 한다. 누가 사전 작업을 할 것인가? 작업해야 할 두 명은 여기 있고, 이미 기존 요원들도 다른 항공기 작업하는데 여념이 없다.

딸이냐, 부품이냐? 작업은 어떻게 하고? 시간은 왜 이리 촉박한지?

아무리 허가 난 사채업자라지만 딸이 사채업자에게 독촉 전화를 받았다는데 어느 아빠가 가만히 있을까? 차가 하나라 왔다 갔다 할 시간도 없다. 함께 움직이는 수밖에.

"수원 선배, 그냥 일단 출발하죠?"

내가 말했다.

"작업은 어떻게 하고?"

수원 검사관이 의아해하며 물었다.

"승현 선배 있잖아요?"

"승현 검사관님은 휴직이고 형수 때문에 올 수 없잖아?"

"하루잖아요. 휴직계를 냈지만, 작업은 할 수 있고. 그리고 무진 관리소 주변에 숨어 계시잖아요."

내가 웃으며 말했다.

남에게 폐 끼치는 것을 제일 싫어하고, 항공기 정비업무에 대해서는 한 치의 방심도 허용하지 않는 칼 같은 성격의 승현 선배, 항공기 정비를 천직으로 알고 성실히 임무를 수행했는데 가족에게 문제가 생겼다. 형수가 사이비 종교에 빠진 것이다.

형수가 처음 교회에 간다고 할 때 선배는 남편 따라 이사 와서 외로워하는 형수가 동네 아주머니들을 사귀게 되었다고 좋아했었다. 이상하게 교회를 자주 다닐수록 아이들을 방치하고 교회에 있는 시간이 늘어났다. 형수의 행동이 수상했다. 선배가 따라가 알아보니 교회는 사이비 교회였다. 선배가 형수를 교회에 못 가게 했지만 이미 세뇌된 형수는 극렬하게 저항하고 선배를 적대시했다. 아무것도 모르는 여덟 살, 열 살 딸들에게는 아빠가 엄마를 떼어놓으려 한다고 거짓말까지 했다. 어린 딸들까지 위험한 상황이었다.

급해진 선배는 사이비종교연구소를 찾아가 물었다.

세뇌에 빠져나오는 방법은 격리뿐이라는 설명을 들었다. 그들과 떨어져 두 달 정도 지나면 대부분 제정신으로 돌아온다고 설명했다. 부가적으로 격리할 집은 외딴집으로 해야 하고 집 계약과 스마트폰, 차량 명의는 친인척이 아닌 다른 사람 명의로 돌려놓으라고

충고해주었다. 신도 이탈을 방지하기 위해 교회 측에서 미리 신도들에게 법적 위임장을 받아놔 합법적으로 경찰에 요청해 스마트폰과 차량추적을 해 찾아낼 수 있다고 경고했다.

위치가 알려지면 찾아와 행패를 부리고 당사자를 데려간다고 했다. 한번 빠지면 헤어나올 수 없는 개미지옥 같은 구조다. 이런 이유로 가족 중 한 명이 사이비 종교에 빠지면 이혼하고 가족이 해체된다.

적당히 타협할 줄 모르고 남에게 손 벌리는 것에 질색이던 선배는 가족을 위해 자존심을 버렸다. 가족을 위해 모든 것을 내려놨다.

집 계약과 자동차, 스마트폰 명의를 빌려줄 사람들을 알아보기 위해 같이 일했던 동료, 선배, 후배들에게 전화해 손을 내밀었다. 누가 명의를 선뜻 빌려줄까? 그들도 보호해야 할 가족이 있는데. 명의 빌려준 것이 잘못되면, 계약직 신분인 우리는 직업까지 잃을 수 있다. 타인을 위해 자기 가족을 위험에 빠트릴 모험을 하는 남자가 있을까?

결국 우리에게까지 연락이 왔다. 민수원 검사관과 함께 약속 장소로 갔다.

처음엔 몰라봤다. 선배와 비슷한 다른 사람이 서 있는 줄 알았다. 자존심 강하고 당당했던 선배는 어디 가고 그저 지친 중년 남자만이 있었다. 마른 몸매였는데 더 말라 있었고 얼굴의 광대뼈도

툭 튀어나와 있었다.

수원 선배는 휴직으로 경제 사정이 어려운 승현 선배를 위해 스마트폰 명의뿐만 아니라 구매비와 요금까지 결제했다. 자동차 명의는 나에게로 이전하고 추적을 피하고자 번호판도 바꾸었다. 믿는 선배였지만 약간의 불안한 마음에 "선배 카메라 찍히면 안 돼요." 하고 농담했지만, 선배는 씩 웃기만 했다.

"선배 힘들겠어요."

떠나기 전, 운전대를 잡은 선배에게 마지막으로 물었다. 선배는 고개를 돌리며 말했다.

"그래, 힘들어. 어쩌겠어, 식구는 지켜야지. 나만 믿고 시집왔는데, 내가 아니면 누가 지켜주겠어. 그게 남자들이 사는 방법이잖아. 나중에 봐."

선배는 창문을 올리고 떠났다. 그것이 두 달 전이었다. 해결이 잘 안 되었는지 한 달을 더 연장한 상태였다.

승현 선배에게 스피커폰으로 전화를 걸었다. 신호음이 가는 동안 우리는 모두 숨을 죽였다.

"어쩐 일이야?"

선배의 목소리가 밝아 보였다. 형수는 어떻게 되었는지 물었다.

"독해. 남들은 두 달이면 된다고 했는데, 네 형수는 조금 더 해야 할 것 같아." 하면서 가볍게 웃었다. 나는 우리가 어떤 사정에 있는지 설명했다.

"해줘야지. 어려운 일도 아닌데 여기서 삼십 분 거리니깐 내가 들어가서 해놓을게. 새벽에 와서 호스 장착하고 지상 시운전만 할 수 있게 하면 되지?"

우리는 환하게 웃음 지었다.

"선배 그런데, 형수 혼자 두고 오면 불안하지 않으세요?"

형수를 처음 격리했을 때 형수가 도망가려고 했다는 수원 선배와의 통화를 엿들은 게 생각나 걱정스레 물었다.

"괜찮아, 많이 가라앉아서 이제 그러지는 않더라. 그전에는 처형과 교대로 이십사 시간 감시했는데 지금은 많이 누그러져서, 나 혼자 지키고, 문밖에 따로 자물쇠를 달아놔서 나갈 때 단순히 문만 잠그고 가. 도망갈 마음이 있으면 어떻게든 도망가잖아? 이제, 안정된 게 보여. 마지막 하나 남은 자물쇠를 안 잠그고 나갈 때가 얼마 남지 않았네. 걱정하지 말고 갔다 와. 내가 다 해놓을게. 수원이도 걱정하지 말고. 잘될 거야."

승현 선배와의 전화를 끊고 우리는 모닝에 재빨리 탑승했다. 운전석에는 나, 보조석에는 대현 선배, 민수원 선배는 그 뒤에 자리를 잡았다. 나는 스마트폰을 거치대에 걸고 내비게이션을 켰다. 목적지를 대구 스카이호텔로 설정하고 스피커폰으로 전환했다. 여성 안내원의 목소리가 흘러나왔다.

나는 안내원의 목소리에 따라 힘차게 차를 출발시켰다.

“시간에 쫓겨서 마음이 불안했는데 내비게이션 아가씨 목소리를 들으니 이제 마음이 착 안정되네. 준호야, 내비게이션 아가씨 말 잘 듣고, 안전운전 부탁해. 자고로 우리나라는 여자 말 잘 들어야 잘된다.”

대현 선배는 눈을 감고 몸을 뒤로 눕히며 말했다.

“선배님 그거 여성 차별적 발언인 거 아시죠? 어디서 그런 말씀 하시면 안 돼요.”

내가 정색하며 말했다.

“왜? 이게 성차별적인 발언이야? 여자 관제사의 목소리가 항공기 조종사의 긴장도를 낮춘다는 연구 결과도 있는데. 그래서 어느 항공사는 여자 관제사를 선호하고 선발하잖아. 네 말대로 진화론적으로 설명해볼게. 원시시대 남자들은 언제든 적이 될 수 있어서 낯선 남자의 목소리를 들으면 일단 긴장해야 하는 게 당연했잖아. 반면에 여자들은 적이 되지 않기 때문에 여자 목소리를 들으면 일단 긴장을 낮추고 안심하는 것 아니야?

이슬람이나 바이킹 전사가 싸우다 죽어 하늘에 가면 누가 기다리는 줄 알아? 처녀들이 기다리고 있어. 싸우다 죽었는데 여자 목소리가 들린다. 얼마나 행복해. 이러니 긴장을 낮추는 거지.

기원전 시대를 배경으로 하는 액션 영화를 봐봐. 여자들끼리 있는 장면은 샬랄라 하면서 희희낙락하는 장면이지만 남자들이 모이는 술집에서는 긴장감 돌면서 결국에는 칼부림 나는 것으로 끝나. 이러니 남자 목소리를 들으면 긴장하는 것이 당연한 것 아니야.

남자들에게 심리적 안정감을 주니 대부분 안내 음성은 여자 목소리로 하는 거잖아. 어떻게 이게 성차별이야? 내비게이션에 안내 목소리가 남자 목소리면 나는 이용 안 한다. 내비게이션 회사가 망하려면 남자로 내놓겠지."

진화론을 적용해 논리적으로 설명하다니 선배의 학습력에 놀랐다. 수원 선배와 나는 킥킥대며 웃었다.

"대전 엑스포 꿈돌이, 꿈순이 마스코트 문제 때문에 그래요. 문제 삼은 논리에 비유해보면 선배가 말한 것도 성차별이 될 수 있어서 말씀드린 거예요."

웃어가며 말했다.

"1993년도에 만들어진 꿈돌이 꿈순이가 어째서? 우리 딸도 그 마스코트 좋아해서 지금 찾아보면 방 어딘가에 인형도 있을 건데."

선배가 대답했다.

"꿈순이는 분홍색에 머리띠를 하고 있고, 꿈돌이는 노랑색에 넥타이를 하고 있잖아요. 여성가족부가 이걸 지적해서 성차별적인 마스코트라고 한 거예요. 여성스러워서, 남성스러워서 하고 단서를 달면 다 성차별적인 것이 되는 거죠."

웃음을 지우고 근엄하게 낮은 톤으로 말했다.

"야! 그런 법이 어디 있어!"

발끈한 선배의 목소리 톤이 또 올라갔다.

"얼마나 보기 좋아, 꿈돌이 꿈순이. 여자아이와 남자아이가 함께 노는 것이 연상되잖아. 그럼 성 정체성을 만들어가는 어린아이들이 중성만 가지고 놀아야 해? 남자와 여자라는 것을 알아가야 하는데 중성만 가지고 놀아? 부작용으로 우리는 중성만 있다고 느끼는 것 아니야? 아, 그래서 요즘 동성애자들이 많구나. 그렇지? 응? 맨날 중성 인형만 가지고 노니 아이들이 자기가 남자인지 여자인지 성 정체성 확립을 하지 못하고 중성으로 가려고 하는 거고. 그래서 출산율 방지를 위해 여성가족부는 성인지력 교육을 유치원부터 하려는 거고. 넌 남자예요, 넌 여자예요 하고 꼭꼭 짚어서 가르쳐줘야 하니깐. 안 그러면 내가 여자인지 남자인지도 모르고 다 중성이 되니깐. 응? 맞지, 내 말이?"

유치원 여자 선생님 목소리 흉내 내는 부분에서 한 번 웃고 전체적인 논리에 수원 선배와 나는 빵 터졌다.

"아, 화나네. 그럼, 남녀 화장실 마크는 어떻게 하고. 남자 화장실 마크는 검은색이나 파란색 바지로 여자 화장실은 빨간색 치마로 표시하는데, 여성가족부 논리대로라면 다 성차별이네? 그럼, 여자 화장실에도 파란색에 바지 입은 것으로 표시해야 하는 거야,

성 중립적으로? 난리 나겠다. 나처럼 머리 나쁜 놈은 잘못 들어갈 것 아니야? 그런데, 여자가 놀라서 소리친다? 그럼 난 성추행범으로 잡혀가겠네? 표시가 불분명해서 발생한 일인데, 이게 내 잘못이야?"

"영어로 우먼(WOMAN) 맨(MAN), 한글로 여자 남자 쓰여 있잖아요."

억지로 웃음을 참으며 말했다.

"야, 내가 유치원 야간으로 나와서 영어하고 한글 못 읽는 것 알아, 몰라?"

수원 선배와 나는 킥킥 웃었다.

"딸하고 외국 여행 가서 FEMALE(여성) MALE(남성)을 구분할 줄 몰라 여자 화장실에 들어갔는데, 금발의 중년 여성이 여기는 WOMAN이라고 설명해주더라. 그 여성이 신고했으면 나는 세계적인 성추행범이 될 뻔했구나. 잘못했으면 과테말라 수용소에 구속당해서 매일 죄수들에게 강간당하고 수원이와 준호도 못 보았겠다."

근엄하게 눈 감는 선배를 보며 우리는 키득키득 웃었다.

"아, 방법이 생각났다."

선배는 눈을 크게 뜨며 나에게 얼굴을 바짝 들이밀며 말했다.

"아예 남자 여자가 화장실을 함께 쓰는 거야. 그러면 문제없잖아. 그렇지? 그러면 성차별적인 여자 남자 표시 없이 화장실 표시만 하면 되고. 야, 내가 생각해도 대단한데."

"이미 있어요. 선진국 사례를 가져와 서울대, 카이스트에 설치되어 있어요."

"그래."

실망한 선배는 다시 의자에 몸을 묻었다. 입을 앙다물었다.

"2016년 강남역 남녀 공용화장실에서 남자가 여자를 살해한 사건 아시죠?"

"그래."

선배는 퉁명스럽게 말했다.

"그 이후로 여성을 보호하기 위해 남녀화장실을 엄격히 분리하라 했는데, 선진국에서는 이것이 남녀 차별이라고 성 중립 화장실을 만들고 있으니 아이러니죠? 어쩌면 우리는 이미 성 중립 화장실을 잘 이용하고 있었는데요."

"시벌, 복잡해서 나같이 인지력 약한 놈은 어떻게 살라고. 이제 공용화장실 가기도 힘들겠다. 화장실 마크 잘 못 봐서 여자 화장실에 들어가면 성추행범으로 오해되어 감옥에 가고. 왜 이리 살기가 힘드냐, 준호야. 네 말대로 남자라 살기가 힘들구나. 거시기를 떼서 중성으로 살든지 해야지, 원 힘들어서."

모두 낮게 웃었다.

"그럼, 형수님은 어떻게 해요?"

내가 던졌다.

"야 지금도 남매처럼 지내는데 앞으로는 자매처럼 지내는 거지. 왜 유명한 〈매트릭스〉 감독도 여자로 성전환해서 아내랑 잘 지내잖아. 준호야, 수원아, 남매보다 자매가 더 보기 좋지 않냐?"

"하하하."

모두 빵 터졌다.

"삐리리~."

차 안 가득한 웃음소리를 뚫고 벨 소리가 울렸다. 스마트폰 화면을 보았다.

헉!

'소장님.'

나는 손을 휘둘러 선배들을 조용히 시켰다. 숨을 크게 한 번 들이쉬고 내쉰 후 통화 버튼을 눌렀다.

"안녕하십니까? 소장님."

"김준호 검사관이 관리소로 잘 가고 있는지 노파심에 전화했어요. 관리소로 잘 돌아가고 있지요?"

스피커폰을 통해 흘러나오는 소장님의 목소리가 차 안을 채웠다. 수원 선배는 몸을 웅크리며 두 손으로 입을 틀어막았다. 대현 선배는 그러는 수원 선배를 향해 손가락을 들어 조용히 하라는 신호를 보냈다.

나는 다시 한 번 숨을 크게 들이쉬고 내 쉰 후 말했다.

"예, 관리소로 돌아가는 중입니다."

"공무원은 나라의 일꾼입니다. 기본적으로 국민에 봉사한다는 마음이 없으면 할 수 없지요. 돈만 바란다면 사기업에서 일하는 것이 더 낫고요. 김준호 검사관, 며칠 동안 밤새워 일해서 고생 많아요. 하지만 오늘처럼 근무지 이탈하면 안 됩니다. 복무 위반이에요. 오기 전에 전화해서 저에게 구두로라도 허락을 득해야지요. 만일 오다 가다 사고라도 나면, 무단이탈로 국가로부터 아무런 혜택을 못 받아요. 알겠어요? 조심히 운전하면서 가세요."

"네, 알겠습니다. 명심하겠습니다."

옆자리에서 눈을 감고 소장과 나의 대화를 묵묵히 듣던 대현 선배는 고개를 끄덕였다.

"아까 민수원 검사관은 안 보이던데, 관리소에 있나요?"

"네, 관리소에서 열심히 일하고 있을 겁니다."

뒷자리 수원 선배의 눈이 휘둥그레졌다.

"준호 검사관도 알겠지만, 수원 검사관에게 안 좋은 일이 있어 마음이 힘들 거예요. 그 상황에서도 맡은 바 직무를 성실히 하는 것을 보면 대견하기도 하면서 고맙기도 하네요. 준호 검사관이 후배로서 많이 챙겨주길 바라요. 생각나서 전화해봤어요."

"네, 제가 옆에서 잘 챙기도록 하겠습니다."

목소리 톤을 낮춰서 말했다. 대현 선배하고 자주 통화하다 보니 선배 특유의 버릇이 어느덧 나에게 전염되었다.

"그럼, 조심해서 가세요."

"뚜~."

전화 통화를 마치자 일순 침묵이 차 안을 감쌌다. 서로 눈치만 보았다.

"소장님 인품이 훌륭하시네."

대현 선배가 말했다.

"소장님을 속인다는 게 마음이 걸리네요." 하는 나의 말에 조용히 수원 검사관이 말했다.

"고마우신 분이야. 출근해서 힘들어 쓰러져 있어도 눈감아주시고. 감사하지. 내가 나중에 말씀드릴게."

"오 사랑, 나에 님~!"

대현 선배가 찬송가를 부르기 시작했다.

"뭐예요?"

웃으며 물었다.

"야, 간만에 우리끼리 여행인데 노래 한번 부르고 가자. 기분 전환으로 찬송가 어떠냐?"

"저는 천주교 신자예요."

"저는 무교인데."

우리의 딴지에도 선배는 "호산나, 호산나 나 노래 부른다~." 하며 계속 찬양했다. 성가단에서 테너였던 선배는 과거의 영광을 찾으려는 듯 더 힘차게 찬송가를 뽑았다. 열창에 압도된 우리는 입만 뻥끗뻥끗하며 반복되는 부분을 따라 했다. 모닝이 좌우로 출렁거렸다.

"삐리리~."

찬송가 사이로 전화음이 흘렀다.

폰 화면에 "형진 선배"라는 글자가 떴다. 가슴이 먹먹했다. 생각하고 싶지 않은 과거의 기억이 형진 선배라는 글자를 통해 몰려왔다. 차 안 가득한 찬송과 다른 리듬으로 나의 심장이 요동치기 시작했다.

"뭐해 전화 안 받고? 어, 이거 형진이 아니야?"

대현 선배가 먼저 아는 척했다.

"형진 선배네. 어서 받아."

뒷자리 민수원 선배도 재촉했다. 통화 버튼을 눌렀다.

"준호야, 잘 있었어?"

가볍게 인사했다. 인사치레의 간단한 질문이 오간 후 선배는 전화 건 이유를 말했다.

"너 성희롱 신고한 애, 소현이 맞지?"

장난치던 대현 선배와 수원 선배가 일순 행동을 멈추고 전화기로 시선을 돌렸다. 대답이 없자 선배가 말을 이어갔다.

"지금 부대 관사에서 소현이 남편이 목매달아 죽었어. 부부싸움 후에 소현이가 하룻밤 나갔다가 다음 날 돌아왔는데, 목매달아 죽어 있었대."

차 안은 침묵했다.

"아이, 시발. 야, 형진아. 걔 남편이 죽은 것하고 준호가 무슨 상관이야?"

대현 선배가 얼굴을 찌푸리며 말했다. 목소리 톤이 올라가 있었다.

형진 선배는 급히 전화를 끊었다.

말이 없었다.

통화 정지음이 지나간 후, 차 안은 침묵으로 가득 찼다.

대현 선배는 창문을 내리고 거칠게 담배에 불을 붙였다.

몰아쳐 들어온 바람이 연기를 빼앗아 갔다.

"준호야, 괜찮냐? 시발, 그 자식은 왜 전화를 걸어서."

"괜찮아요. 뭐 다 지난 일인데요."

"그래, 다행이다, 준호 네가 괜찮다고 하니. 다른 생각 없는 거지?"

선배는 나에게서 시선을 떼고 다시 창밖을 봤다.

선배 눈치를 보고 나는 다시 운전에 집중했다.

괜찮냐고?

괜찮지 않았다. 아직도 꿈에 그때가 연상되면 잠에서 깬다. 관사의 옆방 룸메이트가 말하길 새벽에 몸부림치는 소리에 자신도 깼다고 한다. 괜찮다고, 괜찮다고 나 스스로 말해도 나의 무의식은 괜찮지 않은 것이다.

군에서 중대장 보직을 맡았을 때였다. 진급도 얼마 남지 않았다. 당연히 진급이었다. 선배, 동료, 후배들의 질시 대상이었다. 말 그대로 잘나가고 있었다. 엄격한 중대원 관리에 후배들에게 원성도 받았다.

그 화려한 순간은 일순간 멈추었다. 어깨 수술로 두 달간 병원에 입원했을 때였다.

멈춘 이유는 여자 후배의 성희롱 신고였다.

나에게 리더의 자질이 없었던 것일까? 아니면, 질시의 대상은 깎아내린다는 법칙이 작용한다는 것을 모르고 순진하게 생활했던 것일까? 결론은 나를 몰랐고 인간을 탐구하는 능력이 부족했음이라.

로마인은 십오 년을 군에서 보내며 시민으로서 성장했다. 나에게 군은 또 다른 성장의 공간이었다. 이십 대 젊은 후배들도 나처럼 젊은 나이에 시행착오를 겪지 말라고 한 어설픈 조언과 충고가 큰 실수가 되었다. 업무적인 공간에서 인간관계를 맺으려 했던 것은 더 큰 실수였다.

두 달간 병원 생활을 마치고 수사계에서 신고한 내용을 마주했을 때 허탈감만 생겼다. 이런 불만이 있으면 나에게 직접 와서 이야기해주지. 허망함이 밀려왔다.

비대칭이었다. 나는 그 애한테 인생 선배의 역할을 하고 싶었지만, 그 애한테 나는 상관 그 이상도 이하도 아니었다. 단기 부사관의 장기 심사와 중사로의 진급 심사에 따른 불이익이 없어질 때까지 기다린 것이다. 나는 그것을 인간관계라고 착각한 것이고 나는 그저 그애한테 계속 불쾌한 인간이었음을 알지 못했다. 인간 심리를 파악하지 못한 내 잘못이었다.

허탈감에 여성 센터에 전화해서 이런 내용도 성희롱이 되냐고 물으니, 상담사가 말했다.

"이제는 회사에 가면 날씨 이야기와 업무 이야기만 하셔야 해요. 말 한 마디가 다 증거가 돼요. 그런 분들을 너무 많이 봤어요. 힘내시라는 말밖에 해줄 수 없네요."

처분이 나오려면 빨라야 육 개월 길면 일 년이다. 그 기간이 가장 힘들었다. 무언가가 가슴을 계속 무겁게 짓눌렀다. 떨쳐 내려고 해도 떨어지지 않았다. 처분 후 제대하고 나서도 이 무거움은 사라지지 않았다.

모든 것이 끝나고, 삼 년이 지난 어느 날 가슴속에서 똬리를 틀고 있던 것이 딱 풀리며 무겁게 나를 짓눌렀던 것이 무엇인지 선명하게 보였다.

관계의 단절, 낙인, 성장기회의 박탈, 자기검열이란 단어로 정리할 수 있었다.

이것들이 사라지면서 아쉬움이라는 작은 감정만이 남았다.

관계의 단절, 신고되는 순간 업무정지가 되고 부대원들로부터 격리가 되었다. 처분까지 6개월, 길면 일 년 동안 부대원들로부터 격리되어 사무실에 갇혀 있어야 했다. 인간은 관계 속에서 안정감과 살아 있다는 것을 느낀다. 업무배제와 사람과의 차단. 인간의 기본적 감정에 상처 입고 심리적으로 무너진다.

여기에 '성' 범죄자라는 낙인이 찍히면 인간 쓰레기로 전락해버린다. 그동안 쌓아놨던 명예가 모두 사라진다. 주변인들의 시선이 변한다. 성희롱은 '업무, 고용 기타 관계에서 공공기관의 종사자, 사용자 또는 근로자가 그 지위를 이용하거나 업무 등과 관련하여 성적 언동 등으로 성적 굴욕감 또는 혐오감을 느끼게 하거나 기타 요구 등에 대한 불응을 이유로 고용상의 불이익을 주는 것'이라고 명시되어 있다. 문제는 굴욕감, 혐오감이라는 기준이 주관적이라는 점이다. 뚜렷한 기준 없이 상대방이 불쾌감을 느꼈다면 성희롱이 된다.

얼굴이 밝아서 오늘 보기 좋아, 다섯 살 아기 엉덩이가 오리 엉덩이라 예뻤다는 말을 편하게 했는데 듣는 이가 기분 나빴다면 성희롱 신고 요건이 된다. 이것을 모르는 사람들은 '성'이라는 단어가

붙으면 강간, 성추행, 괴롭힘을 연상한다. 나는 '성'이라는 성스러운 글자로 쓰레기가 되어 있었다.

격리되어 있을 때 동기생이 찾아왔다.

"대체 어떻게 하고 다녀서 이렇게 되었었어? 너 이렇게 안 봤는데 뭐 하는 짓이야!" 하고 나를 호되게 혼냈다.

다른 이들에게 이야기하지 않는다는 조건으로 군 수사관이 준 혐의 문서를 동기생에게 보여주었다. 문서를 읽은 동기생은 나에게 말했다.

"미안하다." 하며 나를 안아주었다. 같이 울어주었다.

'성'이라는 글자가 붙으면 2차 가해 방지라는 타이틀이 붙는다. 성에 대한 범죄인데 어떤 이유인지 말을 하면 안 된다. 믿고 이야기했는데 듣는 이가 신고하면 또 2차 가해라는 혐의가 붙어 처벌이 가중된다. 그러니 묵묵히 인간쓰레기가 되는 수밖에 없다. 쓰레기가 되어야 한다. 그래야 산다.

공무원과 군인은 일단 신고되면 모든 인사는 정지된다.

퇴직, 제대, 전속, 진급심사 모든 것이 정지된다.

유력한 진급 대상이라지만 진급 심사에서도 제외된다.

나중에 행정심판으로 무혐의가 나와도 지나버린, 놓쳐버린 기회는 다시 얻을 수 없다. 군대, 공직에 실망하여 떠나려 해도 떠날 수가 없다. 모든 처분이 끝나야 한다. 처분을 기다리던 그 기간은 인생에 빈 구멍과도 같았다. 나를 질시하고 내 기회를 대신 받는 이가 비웃는 것 같아서 괴로웠다. 기다리던 기회는 박탈되었다.

군에는 법무실이 있어 성희롱 신고가 접수되면 검사의 지휘 아래 범죄행위처럼 수사를 시작한다. 신고 사항만이 아니라 모든 것에 대해 수사한다. 중대원들에게 설문 조사를 하여 또 다른 내용이 나오면 혐의를 붙인다.

군에서 성희롱은 인지 수사다. 피해자가 신고하지 않았어도 수사관이 성희롱이 있다고 인지하면 수사를 할 수 있다. 남자 후배와 가벼운 농담을 주고받았어도 기분이 나빴다고 하면 혐의가 또 붙는다.

또한 성희롱 신고하는 아이들은 십 년 치 일을 한꺼번에 터트리는 경향이 강하다. 좋았을 때 한 덕담과 농담도 모두 써낸다. 그때는 웃고 떠들었던 일이 처벌해달라는 증거로 돌변한다. 모아보면 신고 건수가 열 개다. 수사관들과 징계위원들은 단순히 항목 숫자를 보고 쓰레기 취급한다. 십 년에 열 건, 일 년에 한 개꼴이다. 만일 괴롭힐 생각이 있고 성적으로 무언가를 얻으려고 했다면 일 년에 한 개꼴일까? 상하 관계로 업무를 함께하다 보면 이런 실수와 마찰은 생기지 않을까? 집에 있는 시간보다 더 많이 있는 것이 회사인데.

성희롱에 대한 징계 양형은 중징계부터다.

정직부터 가중처벌로 최대 해임이 내려질 수 있다. 사안이 여러 개거나 2차 가해가 있다고 판단되면 가중처벌로 해임이 될 수 있다. 두려웠다. 해임되면 그동안 쌓아왔던 연금은 박탈된다. 가족의 생계에 문제가 된다.

신고되었다는 것을 인지한 때부터 나 스스로 검열하게 되었다. 매일 내가 무언가 잘못한 것은 없을까, 또 내가 친한 선배 후배에게 이야기한 것이 2차 가해로 신고되는 것은 아닌가 하며 떨었다. 내가 하려고 하지 않아도 매 순간 나의 과거 일을, 현재 일을 검사의 눈으로 계속 돌려보고 있었다. 뇌에 과부하가 걸려 터져버릴 것 같았다. 괴로워서 차라리 죽어버리는 것이 어떨까 하는 생각도 들었다. 죽어버리면 가족에게만은 연금은 나오니까, 나의 목숨 하나로 가족에게 더 많은 것을 줄 수 있으니까.

위로받고, 편하게 말하고 싶었지만 할 수 없었다. 타인은 자기 일에만 관심 있었다. 다른 이의 고통에는 관심이 없었다. 오로지 깎아내리기 위해 혈안이 되어 있었다. 희극으로 즐기고 있었다. 더하여 가족에게는 더더욱 말할 수 없었다.

과거를 반추하는 끝없는 기억의 뫼비우스 띠에 갇혔다. 벗어나는 방법은 죽음뿐이라 생각하여 자살을 시도하기도 했다. 자살, 죽음. 살기보다 더 어려운 것이 죽는 것이었다.

그때 잡아준 것이 대현 선배였다. 오롯이 대현 선배만이 나의 편이 되어주고 나를 잡아주었다. 기회가 될 때마다 하느님 말씀을 들려주며 삶의 의미를 일깨워주었다.

이때의 경험이 수원 선배를 살렸다.

"준호 검사관, 준호 검사관."

수원 선배였다.

나는 과거의 기억에서 빠져나왔다. 어둠이 내려앉은 회색 고속도로가 보였다. 현재로 돌아왔다. 심호흡하고 운전대를 고쳐 잡았다.

"준호 검사관, 힘들었을 거야. 내가 아쉬운 것은, 힘든 군대 생활이었는데, 준호 검사관 사안은 상대방을 괴롭힌 것이 없잖아. 단순히 기분 나쁘다고 한 거고. 상고하고 조금 더 버텨보는 것이 낫지 않았을까 하는 아쉬움이 남아."

나는 웃었다.

"그렇게 생각해요?"

"응, 당연하지. 남을 괴롭히지 않았는데 처벌까지 줄 일이야? 직장에서 상관들은 다 공공의 적이잖아. 무슨 말을 해도 다 기분 나쁘게 들리잖아? 자기에게 일을 시키고 지적하는데 좋아할 사람이 있어. 그럼, 다 신고감이네? 그럼, 사람들에게 어떻게 말을 해, 궁예처럼 관심법도 쓸 수 없는데."

난 더 설명하기 힘들어 "그건 여기 대현 선배가 설명해줄 거예요. 실제 겪은 분이니깐요?" 하고 대현 선배를 힐끗 봤다.

선배는 어두운 창밖을 물끄러미 보다가 말을 시작했다.

"제대하기 이 년 전에 15년 차, 3년 차 후배와 나 이렇게 셋이 전방 공병부대 포크레인 수리로 출장을 갔어. 일이 바빠서 저녁도 못 먹고 작업했는데, 3년 차 후배가 말도 없이 사라진 거야. 저녁 아홉 시까지 간신히 일을 끝냈는데 그때 3년 차 후배가 왔더라고. 15년 차 선배가 어디 갔다 왔냐고 물으니깐, 이 부대에 여자 동기가 있어서 같이 저녁 식사를 하고 왔다는 거야. 선배들은 뭐 빠지게 일을 하고 있는데."

선배는 웃었다.

"15년 차 선배가 얼마나 화가 나겠어. 뭐라고 하는 걸 내가 말렸지. 그때 15년 차 선배가 '좋았어? 좋았냐고?' 하는 말을 했는데 이 녀석이 이것을 성희롱으로 신고한 거야."

"아니, 그런 거로 성희롱이 되는 거예요? 그리고 남자잖아요?"

수원 선배는 앞자리 의자 너머로 얼굴을 내밀며 말했다.

"성희롱에 남자 여자가 어디 있어. 성적 수치심을 느꼈다고 하면 되는 거고 상하 관계면 성립이 돼, 그래서 이 15년 차 선배가 1심에서 징계를 맞았어. 성희롱은 성범죄의 범주라서 경징계가 없어. 사안이 작더라도 무조건 중징계로 시작이야. 군대 생활 끝이지. 1심에서 한 달 정직을 받았는데 상고를 했어. 상고 심사는 더 웃겨. 상고심사 징계위원들에게 15년 차 선배가 '좋았어?'에 성희롱 의도가 없었다고 과정을 설명했어. 징계위원들도 들어보니깐 맞거든. 자기들끼리 한 시간을 회의하다가 나온 결론이 뭔지 알아?"

"뭔데요?"

수원 선배는 대답을 독촉했다.

"어쩔 수 없다. 만약 번복하면 행정이 어려워지니깐, 그냥 1심 판결로 가자는 거야."

"뭐라고요? 징계가 애들 장난이에요?"

수원 선배는 격앙되어 소리쳤다.

"한 사람의 인생이 달린 일이라도 행정이 어려우면 그냥 가는 것이 군대야. 군에서는 징계 심사 때 군 검사가 들어가거든. 보고 있던 군 검사가 오죽 답답했으면 끝나고 그 애를 따로 불러 행정심판으로 다시 요청하라고 했겠어."

쓴웃음을 지은 선배는 다시 차창 밖으로 눈을 돌렸다.

"그 사람들은 어떤 생각이길래, 한 사람 인생이 걸렸는데 어떻게 그런 결정을 할 수 있어요?"

"선배님."

내가 말했다.

"징계위원들은요 법관들이 아니에요. 그저 그 위치에 있다고 소집되어 징계위원으로 들어간 거예요. 법관들은 자신의 판결이 기록에 남아 판례가 되니 심사숙고하지만, 징계는요, 그런 것이 없어요. 양형 기준에 따라 기계적으로 판단하는 거예요. 이미 성 문제로 신고가 된 사람은 쓰레기예요. 그 사람들 눈에는 쓰레기로밖에 안 보여요. 만약 무혐의를 준다고 하더라도 그에 대한 이유를 써서 제출해야 하는데 그 어려운 것을 왜 하려고 하겠어요? 징계 주고 가면 더 쉬운 것을요. 신고자한테 항의 들어오는 위험도 감수하겠어요? 그래도 이 사람이 억울한 것 같으면 최소 양형을 주는 거죠. 성희롱은요, 중징계, 정직부터 시작이에요. 사람들은요 자기 일에는 관심이 많지만 남의 일로 조금도 손해 보려 하지 않거든요. 관심도 없고요."

"그래서 그 15년 차 선배는 어떻게 했어요? 행정심판 뭐 그런 거 다시 요청했어요?"

민수원 선배가 대현 선배에게 물었다.

"안 했어. 생각해봐. 1심에서 변호사 비용, 2심에서 변호사 비용, 또 행정심판, 돈도 없거니와 2심까지 오는 데도 일 년 반이 걸렸어. 군대는 이런 신고가 들어가면 일 안 시키고 격리하거든. 최소 일 년 반이야. 그런데 그 생활을 또 하라고. 지쳐서 못 하겠다고 울더라. 새끼 엄청 괄괄한 놈이었는데, 많이 힘들어하더라. 그리고 무혐의가 나왔다고 한들, 진급 기회가 이미 이 년 삼 년 박탈되었어. 다시 시간을 돌려받을 수는 없는데 무슨 소용이야.

군은 이런 문제가 신고되면 법무관실에서 싹 다 조사하거든. 나쁜 놈들, 끈 떨어졌다고 밑에 있던 놈들이 득달같이 신고하더라. 진급, 장단기 심사 때문에 그동안 앞에서는 웃고 있었던 거지. 남자들끼리 삼차 술자리에서 한 음담패설까지 신고하더라. 좋아서 같이 웃고 떠들었던 놈들이."

"그런 것까지 들어가는 거예요? 그럼 저는 이미 퇴직 선고받고도 남았겠는데요."

수원 선배가 눈을 동그랗게 떴다.

"그런 것까지가 아니라, 일단 수치심을 느꼈다고 신고가 들어가면 공직 생활이 끝난다는 거야. 신고는 쉬워도 무혐의를 받기까지는 너무 힘들다는 거지. 내가 의도치 않게 그 사람이 기분 나빴다면 신고가 돼. 단순히 서로 조율하여 끝내도 되는 것을 꼭 징계하고 법으로 가야 할까?"

대현 선배는 차창에서 눈을 떼지 않고 말했다. 눈가가 촉촉이 젖어 있었다. 아플 것이다, 그것도 가슴이. 15년 차 후배는 바로 선배 맏후배였다. 일을 위해서 후배들에게 엄격했다. 의도는 선했다는 것을, 선배는 알고 있었다. 선배는 신고한 다른 후배들을 다독이며 15년 차 선배에 대한 용서를 구했다. 울며 무릎까지 꿇고 선처를 구했다. 15년 차 후배 가족을 생각해달라고, 다른 부대로 전속 보내 다시는 너희들 앞에 오지 않게 할 거라고 다짐하고 용서해달라고. 후배들은 알겠다고 약속했지만 돌아온 것은 거짓과 위선뿐이었다. 마음에 큰 상처를 받은 선배는 거짓된 후배들의 눈을 볼 수 없다고 나에게 고통을 호소했다.

결국, 군복을 벗었다.

"성희롱 신고가 굉장히 무서운 거네요. 아예 여자하고 믿지 못할 후배하고는 말을 섞지 않는 게 좋겠어요."

수원 선배는 의자에 몸을 붙이며 말했다.

"군 이야기만 했는데 교직에서 이슈가 된 예도 있었어요. 학교에서 신규 보임 선생님 축하 회식 자리였는데, 교감이 신임 선생님들께 '교장께 술 한 잔 따라 드리면서 인사드려요.' 했다는 거죠. 이에 불만을 가진 한 여자 선생님이 이걸 성희롱으로 신고했고요. 어떻게 되었겠어요? 징계가 내려왔겠지요. 이분이 억울하기도 하고 교장 진급을 포기 못 하셨나 봐요. 그래서 인권위에 심판을 청구해서 결국 대법원에서 무혐의를 받았지요. 몇 년이 걸렸을 것 같아요?"

"삼 년 정도."

수원 선배가 작게 말했다.

"오 년이요, 자그마치 오 년이에요. 이 사건이 발생한 게 2002년인데, 2007년에 대법원이 무혐의 처분을 했어요. 오 년 동안 교감은 얼마나 힘들었겠어요. 변호사 비용은 어떻게 하고요. 이런 일련의 과정이 힘들어 자살하는 분도 있어요. 2017년 발생한 사건이에요. 고등학생 여자 제자들이 남자 선생님에게 성추행당했다고 신고했어요. 나중에 알고 보니 학생들이 선생님에게 불만이 있어 그 때 감정으로 무고를 한 것이었어요. 당연히 경찰에서는 무혐의 처분을 했는데, 교육청에서는 계속 징계 심의를 하고 징계를 강행했어요. 일단 신고가 들어왔으니 징계를 하는 게 맞다는 거죠? 평생을 교육자로서 살아온 분이 하루아침에 파렴치한 쓰레기가 되었는데 어떻게 버틸 수 있겠어요. 결국 안 좋은 선택을 하셨지요."

"박봉에도 버틸 수 있게 해준 것은 교육자로서 자부심이었는데, 이런 자부심이 하루아침에 쓰레기가 되어버리고 파렴치한 성범죄자가 되었으니 살 의미가 없는 거지? 내가 그 마음 이해한다. 그렇지, 준호야?"

대현 선배는 차장에서 눈을 떼지 않고 말했다.

"들리는 이야기에는 교육청에서 당신이 이렇게 결백을 주장하면 제자들이 무고죄로 처벌될 수 있다고 했대요. 진정한 교육자로 자신보다 제자들을 더 사랑한 선생님은 결국 위험한 선택을 한 거예요. 이제 직장 동료, 제자들에게도 인간적 감정 없이 대해야 해요. 형님, 동생, 정 그런 것 없어요. 그런 마음 가지고 있으면 바로 잡혀가요. 사촌 형 직장에서는 전무하고 차장이 성희롱으로 이 년간 고생했는데, 어떤 내용인지 알아요?"

"이야기 안 해줬으니 모르지."

수원 선배가 나직이 말했다.

"신입 여직원 축하 회식 자리였대요. 그 여직원이 약간 뚱뚱했나 봐요. 술기운이 오르니깐 덕담식으로 건강을 위해서 살도 빼고 함께 열심히 해보자, 이런 식으로 얘기했나 봐요. 다음 날 바로 신고가 들어갔지요. 살 이야기로 성적 수치심을 느꼈다는 거죠. 놀린 것이 아니라 살을 빼면 더 건강하고 보기 좋게 변할 것이라고 그분들은 덕담식으로 한 건데, 결국 소송까지 갔어요. 최종적으로 무혐의가 나왔지만, 이 년이 걸렸어요. 그 과정 동안 인사가 정지되어 진급하지 못한 것은 당연하고요. 사촌 형 기업이 중견기업이라 성희롱으로 징계받으면 진급은 더 바랄 수 없으니 적극적으로 한 거죠. 뚱뚱한 몸매에 주눅 들어 바지만 입는다는 여자 후배에게 자신감을 심어줄 의향으로 '충분히 예쁘니깐 남들 시선 의식하지 말고 자신감 있게 미니스커트도 입고 다녀.'라고 했다가 성희롱으로 신고당한 사례도 있어요."

"친분이 없어서 그런 건가?"

수원 선배가 말했다.

"이삼십 대 여자들이 주변 사람들과 가장 비교를 많이 하잖아요. 자신들이 약간 뚱뚱하면 피해의식이 더 많이 쌓이는 것 같아요. 그걸 모르고 남자 선배와 상관들은 피해의식, 열등의식에서 나와 적극적으로 능동적으로 살라고 힘내자고 이야기해도, 그애들은 다 자기를 놀리는 소리로만 들리는 거죠. 한마디로 기분 나쁘다는 거죠. 상대방이 기분 나쁘면 뭐다? 성희롱이다."

"준호야, 돼지에게 진주 목걸이 걸고 예쁘게 하라니까 신고당하는 거지, 예쁜 애들은 안 해."

대현 선배가 능청맞게 말했다.

다들 함께 웃었다.

"이런 문제가 하도 많이 발생해서 이제 공무원 사회에서는 신입 공무원이 입사해도 신입이 먼저 말을 걸지 않는 이상 이야기를 하지 않는대요."

"왜?"

수원 선배가 물었다.

"앞에서 계속 설명했잖아요. 개인이 기분 나쁘면 신고당하잖아요. 어떤 게 성희롱, 갑질로 신고당할지 모르니깐요. 신고당하면 공직생활 끝인데 말을 걸겠어요? 괜한 말로 공직생활 그만두고 싶어요? 나 몰라라 하고 내 일만 하는 것이 공직생활에 더 도움 되는 거예요. 회식 때마다 우리는 하나다? 가족 같은 사무실? 개나 주라 해요. 이제 직장 특히, 공직에서 살려면 철저한 개인주의가 되어야 해요. 사회가 각박해졌다 어쩌고저쩌고 하는데 법이 그렇게 하라는데 법에 맞춰 따라가는 수밖에 없잖아요."

"성희롱 방지법은 개쓰레기 같은 사장에게 괴롭힘당하는 여성들을 보호해주기 위한 법으로 법을 도입할 때 의도는 좋았는데~. 의도가 좋으면 뭐 해? 여성단체들이 아예 이상하게 바꿔놨어. 내가 수치심을 느끼면 다 성희롱이다, 이런 게 법이야? 어디 애들 장난하는 것도 아니고.”

밖을 보던 대현 선배가 읊조리며 말했다.

“우리나라도 프랑스처럼 했으면 좋겠어요. 프랑스에서 성희롱은 사회 통념상 괴롭힘으로 평가될 행위가 있어야 할 것이고, 그 행위자에게 성적 급부를 얻으려는 목적이 있어야 한다고 정의하고 있어요. 우리가 생각하는 성희롱방지법의 목적과 같지요. 한국의 성적 수치심 같은 단어가 아닌, 명확한 정의예요. 한국의 성희롱방지법이 도입되었을 때 국민은 우리 법도 프랑스법 정도라고 생각했을 거예요.

이런 기준으로 눈높이가 고정된 일반 국민이 볼 때 말 한마디 잘못으로 징계받은 사람들을 보면 쓰레기가 되는 거지요. 얼마나 지속적으로 괴롭혔으면 여자가 못 견디고 신고했겠느냐는 것이 밑바닥에 깔려 있는 거죠. 사소한 말 한 마디에 쓰레기가 되는 것도 모르고요.

성희롱을 개인의 불쾌감이란 기준으로 법을 적용하니깐 어떤 부작용이 나왔어요? 아까 이야기한 것처럼 ‘좋았어?’ ‘술 한 잔 따라드려요.’ ‘건강을 위해서는 살을 빼는 것이 낫지.’ ‘남 눈치 보지 말고 자신감 가지고 입고 다녀.’라고 했다가 신고되고 처벌되었어요.

그 사람들이 성적으로 상대를 괴롭히려고 한 게 아니잖아요. 그냥 일상적인 대화를 한 거잖아요. 문제가 있다면 받아들이는 상대방 기분이 나빴다는 거고요. 기분이 나쁘다는 이유로만 처벌된 거잖아요. 원래 법을 만들려는 목적대로 취지에 맞게 수정해야 할 것 같아요. 그 전에 우리는 납작 엎드려 살고요. 중국의 문화대혁명 광풍 같은 성 혁명에 맞아 죽지 않으려면 바짝 엎드려 살아야죠."

"문화대혁명을 성 혁명으로 비유했으면 홍위병은 누구야? 여성단체야?"

수원 선배의 물음에 모두 크게 웃었다.

"야, 저거 뭐냐?"

대현 선배의 손가락이 어둠에 싸인 고속도로 한쪽을 가리켰다. 노란 불을 밝힌 터널에서 검은 연기가 뿜어져 나오고 있었다. 붉은색과 파란색 경광등을 켠 경찰차 하나가 그 앞에 서 있었다.

[8]

모두 웃음을 멈추었다. 미소가 사라진 얼굴은 굳어졌다.

급하게 브레이크를 밟아 속도를 줄였다. 멈추어 있는 경찰차 뒤쪽으로 차를 천천히 가져갔다. 갑자기 나타난 붉은색 경광봉이 차를 세웠다.

차를 멈췄다.

누군가 운전석 차창을 두들겼다.

차창을 내렸다.

여경이었다.

“남자분들이시네요. 지금 터널 안에서 관광버스 추돌 사건이 발생해서 사람을 대피시키고 있습니다. 도와주실 수 있나요? 지원 인력이 올 때까지만 도와주시면 됩니다.”

여자 경찰의 다급한 말에 우리는 생각할 겨를도 없이 뛰어나갔다. 터널 앞에서 남자 경찰 하나가 호루라기 신호로 승객들을 터널 밖으로 유도하고 있었다. 관광버스에서 발생한 화재로 터널 안으로 접근할 수 없었다. 입구로 승객들을 유도하여 터널 밖 안전한 위치로 안내하는 것이 우리가 할 수 있는 최선이었다. 연기를 뚫고 나오는 승객들은 질식하지 않기 위해 겉옷과 수건 등으로 코와 입을 막고 있었다.

나중에 안 사실이지만, 관광버스의 승객들은 인천시 무지개아파트 통장들이었다. 지자체 연수회 마지막 일정이 늦게 끝나 급하게 돌아가다 화물차와 추돌한 사고였다. 따라서 대부분 승객이 중년 여성들이었다.

"여기예요! 여기로 어서 나오세요!"

승객들을 터널 밖으로 유도하기 위해 나는 경찰과 함께 서서 소리쳤다. 수원 선배와 대현 선배는 빠져나온 승객들을 안전한 자리로 안내했다. 아주머니들이 모두 나왔을 때쯤 한 아주머니가 나를 붙잡으며 말했다.

"안에 운전사하고 진영 엄마가 있어요. 내 뒤를 따라 나왔는데 나와보니 없어요."

경찰과 나는 터널로 뛰어 들어갔다.

몸이 반응했다.

두 명이다.

매캐한 연기가 코를 뚫고 들어오고 후끈한 열기가 피부로 와 닿았다.

버스 앞부분이 심하게 부서져 있었다. 승객들이 빠져나온 것이 신기할 정도였다. 경찰을 따라 버스 안으로 들어갔다. 운전석에 버스 기사가 쓰러져 있었다. 찢어진 이마에서 흐른 피가 얼굴을 감싸고 있었다.

기사의 안전띠를 풀었다. 몸이 흘러내렸다. 덩치 큰 경찰이 기사를 업고 버스 밖으로 나갔다.

한 명이 더 있다.

홀로 버스 안을 살폈다.

좌석 하나하나 살펴보며 버스 뒤로 나아갔다.

검은 연기가 시야를 차단했다. 옷으로 코와 입을 막았지만, 연기가 폐를 향해 뚫고 들어왔다. 차 바닥에서 시작한 작은 불은 이제는 버스 차창까지 올라와 넘실거렸다. 불길이 버스 전체를 언제 휘감아버릴지 모르는 상황이었다. 폐가 나가라고 소리치다 못해 절규하고 있었다.

버스 중간쯤 왔을까? 무언가 발에 '물컹'거렸다. 자세히 보니 여자였다. 아주머니가 말한 진영 엄마였다. 마지막 남았던 승객을 들쳐 업었다. 몸이 휘청거렸다. 연기가 따가워 눈을 뜰 수 없었다. 손의 감각을 의지해 버스 밖으로 나왔다. 다리가 후들거렸지만 이를 악물고 나아갔다. 터널 벽을 짚으며 나왔다. 숨 쉬는 것이 나아져 눈을 떠보니 터널 밖이었다.

대현 선배가 업혔던 진영 엄마를 잡아챘다. 나는 바닥에 굴렀다. 대현 선배는 빠르게 여자를 바르게 눕혔다. 나는 땅에 손을 짚고 일어나며 주변을 둘러봤다. 멀찍이 떨어진 곳에서 수원 선배와 남자 경찰관이 버스 기사에게 심폐소생술을 하고 있었다. 호흡이 없다. 구급요원이 오기 전까지 심폐소생술을 해야 한다. 사망 판정은 오직 의사가 내릴 수 있다. 남자 경찰관과 수원 선배는 기사를 살리기 위해 혼신의 힘을 다하고 있었다. 남자 경찰관과 수원 선배의 몸에서 열기가 아지랑이처럼 올라왔다.

"준호야, 정신 차려! 이 여자도 호흡이 없어!"

나는 벌떡 일어나 네발로 여자에게 기어갔다. 선배는 여자의 목과 손목을 만지고 가슴에 귀를 대봤다. 그리고 고개를 좌우로 흔들었다. 심폐소생술을 해야 한다. 심폐소생술을 하기 위해서는 가슴 압박 부위의 상의를 벗겨야 한다. 여자의 옷 앞섶으로 손을 가져갔다. 옷을 잡았지만, 손이 말을 듣지 않았다. 움직이려 하지만 움직이지 않았다.

"뭐 해! 준호야! 저리 비켜!"

대현 선배는 내 손을 치우고 여자의 앞섶을 벗겼다. 드러난 브래

지어 끈도 두 손으로 끊어냈다. 그리고 가슴 압박을 시작했다.

"하나, 둘, 셋, 넷……."

나는 바라보기만 했다. 안 보이는 손이 나의 두 어깨를 잡아당기는 것 같았다. 팔이 땅에 박힌 것처럼 당겨지지 않았다. 그저 멍하게 바라보고 있었다.

대현 선배의 이마에서 땀방울이 새어 나오기 시작했다. 횟수를 늘려 갈 때마다 선배 턱으로 흐르는 땀은 점점 늘어 갔다. 선배의 몸을 따라 하얀 아지랑이가 피어났다. 마치 하늘에서 저 여자의 생명을 살리라고 보낸 천사의 징표 같았다.

선배처럼 하지 못하는 내가 죄스러웠다.

"비키세요."

언제 왔는지 빨간색 소방복을 입은 구급요원들이 달려들었다. 선배가 자리를 비켜주자 구급요원들이 능숙하게 심폐소생술을 이어갔다. 나는 그저 멍하니 바라봤다.

"휴~, 우리가 두 명 살렸네."

대현 선배가 담배 연기를 내뿜으며 말했다.

"그러게요, 잠깐이지만 두 명 살렸네요."

우리는 모닝 옆에서 담배를 피웠다. 대현 선배와 수원 선배는 서 있고 나는 쭈그려 앉았다. 차 앞문에 등을 기댔다. 다리가 떨려서

서 있을 수가 없었다. 힘이 없었다.

담배를 피우자 널뛰던 심장이 차츰 가라앉았다. 한밤의 찬 바람이 흠뻑 젖은 땀을 식혀주었다. 어느 순간 몸이 부르르 떨려 왔다.

"준호야, 아까 심폐소생술 전에 멈칫한 거 기억하냐?"

대현 선배가 허공을 보며 말했다.

"네."

"무서웠구나?"

"네, 무서웠어요."

선배는 더 묻지 않았다.

허공을 바라보고 담배를 빨았다.

나도 담배를 빨았다.

동시에 뱉은 날숨과 함께 섞여나온 하얀 연기가 구름져 날아갔다.

무서웠다.

사마리안 법이 있다고 하지만 심폐소생술을 하고 성추행으로 고소당하는 경우가 있다. 생면부지 생명을 구해주었는데 고맙다는 말 대신 고소장이 돌아올 수도 있다.

만일 여자가 자신이 의식이 있었다고 하면 성추행범이 되는 것이다. 내가 아니라는 증거를 제시해야 하는데, 없으면 성추행범이 된다.

또다시 검사 앞으로 불려 가고 싶지 않았다.

또다시 가족을 위태롭게 만들고 싶지 않았다.

또다시 고립되고 싶지 않았다.

생각도 하기 싫다.

그 고통을 또 겪고 싶지 않았다.

1%라도 우리 가족을 다시 위험에 빠트리는 일은 하고 싶지 않다. 나에겐 가족이 있다. 생면부지 남을 위해 가족을 위험한 상황으로 끌고 가고 싶지 않다. 그러다 내 인생이 끝난다.

여자의 주장이 받아져 성추행범이 되면 공무원들은 당연퇴직이 되고 퇴직급여와 퇴직수당이 반으로 준다. 공시생들은 임용자격도 박탈된다.

인생이 망가지고 깨진다.

대부분 무혐의가 된다지만, 대부분이란 단서가 붙는다. 도대체 대부분이란 어느 정도를 말하는 걸까?

우리나라의 성범죄 유죄율이 90%다. 선진국이라고 하는 독일은 8%, 스웨덴은 23%다. 신고되면 10명 중 9명이 유죄가 된다는 이야기다. 층계를 오르던 술 취한 여성이 뒷걸음질로 넘어지려는 것을 얼떨결에 팔을 잡고, 택시에서 술에 취해 자는 여성을 깨우기 위해 어깨를 토닥이고, 술에 취해 차가 쌩쌩 달리는 도로로 뛰어드는 여성을 잡아끌면 성추행범이 된다. 법은 상황이 필요 없다. 오로지 행위만을 따진다.

또한 성에 대해서는 증거가 필요 없고 여성이 수치심을 느꼈다는 일관된 진술만 있으면 성추행범이 된다. 내가 안 했다는 증거를 내가 찾아야 한다. 그것도 바로 인정할 만한 확실한 증거를 가져와야 한다. 가능할까? 없으면? 이런 판례들을 아는데 어떻게 심폐소생술을 할까?

감성은 꺼져가는 생명을 구하라 해도, 죽음보다 더한 성추행범이란 낙인과 후폭풍이 두려워 이성이 말린다. 한번 눈감으면 인생 편하게 사는데 그런 위험을 누가 감수하려 할까?

법은 문화라 했다.

중국은 옆에 사람이 죽어가도 모른 척하는 무관심 사회다.

아이가 시장통에서 차에 두 번이나 깔려 피를 흘리며 죽어가도 신경 쓰지 않는 나라다.

이들이 왜 이렇게 되었을까? 이들의 심성이 나쁘기 때문일까? 인간의 삶에 대한 기준을 제시한 공자의 나라에서 어떻게 이런 일이 벌어질까?

법이다. 법이 사람들을 이렇게 생각하고 행동하게 했다.

2006년 버스에서 내리던 펑위라는 청년이 버스 정류장에서 넘어진 어느 할머니를 구조했다. 병원에서 치료받은 할머니는 펑위에게 고맙다고 인사했다. 그런데 선행을 하고 떠난 펑위에게 날아온 것은 병원 치료비와 합의금을 요구하는 소송장이었다. 넘어진 할머니가 펑위를 가해자로 지목한 것이다.

펑위가 할머니를 밀쳤다는 직접적인 증거는 하나도 없었다. 중국법원의 판결은 어떻게 나왔을까? 중국법원은 펑위에게 피해보상금 13만 6,000위안 중 40%를 지급하라고 결정했다. 사회 통념상 본인이 다치게 했으니 조치를 한 것이고, 선한 일을 했다면 병원 이송 후 즉각 떠날 수 없다는 이유였다. 거꾸로 풀이해보면 다치지 않게 했으면 구조나 조치를 할 이유가 없다는 것이다.

이 판결이 중국을 어떻게 바꾸어놨을까?

88세 노인이 뇌 질환으로 길거리에서 쓰러져 죽어가도, 길거리에서 여성이 남성에게 맞아도, 맥도날드 매장에서 여성이 여섯 명에게 집단 폭행을 당해 죽어가도, 버스에서 칼부림에 남성이 죽어가도 외면하는 무관심 사회가 되었다. '도와줘 봤자 배신한다.'라고 주변의 어려움에 부닥친 사람을 냉담하는 '웨이관 문화'가 성행했다.

성추행 신고와 어딘가 똑같지 않은가?

법이 문화를 만든다.

우리 법은 지금 우리 문화를 어떻게 만들어가고 있을까?

여성에게 친절한 사람들이 성추행범, 성희롱범으로 몰리는 사회에서 남성들은 어떤 문화를 만들어갈 것인가?

그것은 사회적 책임의 외면이다.

외면은 어떤 문제를 발생시킬까?

중국은 세계에서 유일하게 여자 자살률이 남자보다 높은 나라다. 왜 이런 일이 발생할까? 웨이관 문화에 따른 사회적 외면 때문이다. 경찰이라는 물리력은 항상 나와 가까이 있지 않다. 경찰은 사건이 발생하고 나서나 끝난 상황에 온다. 나를 가까이서 지켜주는 것은 사회적 도덕심으로 무장된 주변의 시민들이다. 그중에 물리력을 행사할 수 있는 남자들이 주가 된다.

길거리에 사람이 많아도 나를 보호해줄 사람이 없다면? 역으로 본다면 주변의 모든 이들이 나를 공격할 수 있다는 것이다. 사회적 도덕심이 없는 웨이관 문화를 가지고 있는 이들 사이에 있는 신체적 약자인 어린아이와 노인, 여자들은 어떤 생각을 할까? 웨이관 문화 속 중국 여자들은 여자로 살기 어렵지 않았을까?

외국 여성들이 한국을 방문하면 제일하고 싶어하는 밤거리 산책, 한국에 이런 문화가 발전한 이유는 시민들이 사회적 책임에 따른 도덕심이 높기 때문이다. 사회적 외면이 만연한 사회에서 감시카메라와 감시등이 많아야 무슨 소용이 있겠는가? 주변인들이 모두 남인 것을.

우리의 법은 지금 사회적 외면 문화를 만들어가고 있는 것이 아닐까? 사회적 도덕적 의무를 갖지 말라고 하는 것은 아닐까?

《몽실언니》와 《강아지 똥》을 쓴 권정생 작가의 일화가 생각난다. 폐병이 걸려 가족에게 짐이 되고 싶지 않아 집을 나와 걸식하다 쓰러졌는데 할머니가 물을 길어와 살려주었다는 일화다. 할머니의 물 한 잔이 없었더라면 우리는 《강아지 똥》과 《몽실언니》를 만나지 못했을 것이다. 우리는 당장 길거리에 쓰러져 있는 여자를 위해 무엇을 할 수 있을까?

"준호 검사관?"

"네."

수원 선배가 불렀다.

"무서웠다는 것이, 성추행으로 고소당할까 봐 무서웠다는 거지?"

"네."

"이해가 가."

선배와 나는 같이 담배의 재를 털었다. 수원 선배가 먼저 말했다.

"언젠가 뉴스에서 봤는데, 술집 화장실에서 동료 여자가 남자 뮤지컬 배우에게 강제 입맞춤을 하려고 했대. 남자가 거부하니깐, 여자가 '너는 남자고 나는 여자이기 때문에 괜찮다.'라며 자기가 성추행당했다고 역으로 신고한 거야. 1심에서 유죄가 되고 구치소에 4개월간 살았다지. 그런데 어머니가 감시카메라 영상을 구하고 화장실로 따라 들어올 수 없는 구조를 이야기해서 2심에서 무죄를 받고, 대법원까지 가서 무죄를 받았다고. 여자가 신고하면 무조건 성추행범이 되는 세상이니 네가 무서워할 만하지!"

"선배님이 이야기한 사건은 '강은일 성추행 무고 사건'이에요."

난 팔을 무릎 위에 올리고 말을 했다. 손가락 사이에 걸친 담배는 외로이 혼자 타들어 갔다.

"무죄 판결은 둘째 치고 얼마나 심적으로 어려웠겠어요. 성추행범이란 낙인이 찍혔지, 소속사에서 퇴출당했지, 뮤지컬 배우에게 가장 중요한 무대에 설 자리도 잃었지. 꿈이 깨지고 인생이 망가진 거예요. 자살하지 않은 것이 다행이죠. 저 같았으면 자살했을 거예요. 구치소에 들어가니깐 감방 선배들이 크림빵을 주더랍니다. 감방 선배들이 강은일 얼굴을 보니 자살할 것 같으니까 당을 채우고 일단 정신 좀 차리고 살라는 거죠.

우리나라 판사들은 어떻게 된 게 '성'이라는 글자만 붙으면 법에서 제일 중요하게 생각하는 증거주의, 무죄추정 원칙을 완전히, 깡그리 무시해요. 증거가 되는 것은 여자의 일관된 진술뿐이죠. 신고만 되면 성추행범 개새끼가 되는 거예요. 여자가 성추행으로 신고했으면 일단 감시카메라가 있나 확인하고 영상을 확보해야 하는 것 아니에요? 그리고 한 남자의 인생을 망칠 수 있는 사안이니 진술이 맞나 현장검증도 해야 하고요.

어떻게 거꾸로 가해자 부모나 형제들이 감시카메라 영상을 찾아서 제출하고 한 번만 현장검증해달라고 해야 해요. 성추행범을 검사들이 증명하는 것이 아니라 내가 아니라고 증거를 제출해야 하는 이런 코미디가 어디 있어요. 그러니깐 무고를 한 여자가 '너는 남자고 나는 여자이기 때문에 괜찮다.'라고 하죠. 더 웃긴 건 여자의 진술이 일관성이 없었는데 재판부에서는 여자가 술에 취해서 그랬다고 이해했대요. 이게 법치국가예요? 우리나라는요, 여자가 마음만 먹으면 남자를 이렇게 범죄자로 만들기 쉬운 나라예요. 개쓰레기로요."

격한 감정이 올라왔다.

"거짓말 하나로 한 사람 인생을 완전히 망치려고 한 그 여자 무고죄로 처벌 안 받았어?"

"무고죄는 저 사람이 죄가 아니라는 것을 알고도 처벌받게 하기 위한 목적으로 했다는 것이 드러나야 하는데, 그것을 증명하기가 굉장히 어려워요. 실형이 떨어지는 경우는 극히 일부고요. 무고죄로 처벌받아야 기껏해야 벌금형이에요. 어떤 때는 내가 쓴 변호사비용도 안 나와요. 거짓말만 조금 하면 쉽게 한 사람을 나락으로 보내는 성범죄 무고에 대해서는 더 강화하고 양형을 세게 해야 하는데, 우리나라 법은 남자들을 잠재적 성범죄자로 보는 것 같아요. 그러니 저울이 기울어져 있지요."

"그렇지, 완전히 기울어진 운동장이야. 디케의 저울이 여자 쪽으로 기울어져 있지. 궁금한 게 만약 여자가 강제 키스당했으면 합의금이 얼마야?"

"구천에서 일억인 거로 알고 있어요. 그런 분을 봤거든요. 집안 기둥뿌리 하나 뽑아야 해요. 여자라면 한 번에 목돈 벌 기회인데 남자라 변호사 비용 쓰고 구치소까지 갔네요. 씁쓸합니다. 그건 그렇고, 만약 우리 같은 계약직이 성추행으로 신고당하면 어떻게 돼요?"

"어떻게 되긴 어떻게 돼. 바로 다음 날 아침에 '딩동~, 계약이 해지되었습니다. 내일부터 출근하지 마세요.' 하고 문자 오겠지. 파리 목숨인데 무엇을 기대해?"

선배와 나는 함께 웃었다. 뒤끝이 길게 남았다.

"안녕하십니까?"

제복 입은 경찰관이 다가와 인사했다. 얼떨결에 우리도 꾸벅 인사했다. 흐린 조명 불빛에 경찰관을 살펴봤다. 계급은 경위였다. 모자 밑으로 흰머리가 삐져나와 있고 눈가에는 주름이 깊게 새겨져 있는 것을 보니 순경부터 시작한 경찰관이었다. 우리는 지구대 파출소장으로 생각했다.

"위험을 무릅쓰고 경찰과 함께 구조 활동을 해주셔서 감사합니다."

경찰관은 공손히 허리 숙여 인사했다. 우리도 허리 숙여 인사했다.

"구조 활동을 저희가 해야 하는데, 본의 아니게 위험한 상황에 빠지게 해서 죄송합니다."

"아, 아닙니다. 시민의 의무인데요."

대현 선배가 말했다.

경위의 말은 차량을 통제하는 상대적으로 안전한 일은 시민인 우리가 하고 터널에 들어가 인명을 구조하는 위험하고 전문적인 일은 경찰이 해야 했다는 이야기였다. 경찰관이 없었으면 모르는데, 있는데 시민이 다른 시민을 구조하러 들어갔다? 나를 두고 하는 이야기였다. 위험지역으로 나를 아예 들여보내지 말았어야 했다. 경찰의 처신에 관해 말이 나올 수 있는 상황이었다. 경위가 고마움을 표시하러 온 목적도 있지만, 다른 이야기는 하지 말아달라고 부탁하러 온 것이다.

"경찰이 해야 할 일을 대신 부탁드려 죄송합니다."

"아이고, 누가 하라고 정해져 있는 것도 아니고 소중한 두 생명을 구했다는 것에 의의를 두죠?"

대현 선배가 웃으며 말했다.

"저, 담배 피우시나요?"

"네."

"고생하셨는데 담배 한 대 피우시고 잠시 쉬고 가시지요?"

두 손 모아 감싼 라이터 불을 대현 선배가 경위에게 가까이 가져가자 경위는 담배 끝을 대고 힘껏 빨았다. 둘은 길게 담배 연기를 내뿜었다. 나란히 선 나이 든 두 중간 관리자, 이 둘을 보고 있자니 아쉬웠다. 대현 선배도 군 생활을 하고 있었으면 저렇게 경위처럼 제복 입고 후배들과 함께 있었을 텐데, 하는 아쉬움이 들었다.

"경찰은 시민 안전의 최일선을 지키고 있어야 하는데, 지금 같은 일이 자꾸 벌어져 고충이 많으시죠?"

대현 선배의 질문에 경위는 미소 지었다.

"경찰에서는 현장 인력이 부족하다고 하는데 나라에서는 자꾸 여성 할당제를 적용해 능력이 안 되는 여자들을 자꾸 채용해서 문제예요. 여자를 차별하는 게 아니에요, 저보다 월등히 뛰어난 여자 경찰 선배들도 많아요, 어떤 선배는 존경심이 생기더라고요.

할당제가 문제라는 거죠. 할당제는 말 그대로 능력이 안 되어도 뽑아야 한다는 거예요. 범인은 남자 여자 가리지 않는데, 여자의 체력기준은 형편없이 낮아요. 뽑으면 뭐 해요? 이 애들은 경찰이 되려고 한 게 아니라 공무원을 하려고 한 거예요. 그래서 다들 내근직을 선호하죠."

"아, 여자 경찰을 많이 뽑았다고 하는데 보이지 않는 게 그 이유였네요."

"이런 애들을 뽑아놓으니 위에서도 불안한가 봐요. 그래서 격오지처럼 혼자 근무 서는 곳에는 보내지 않아요. 여자 혼자 근무 서다가 무슨 일이 생길지 모른다고요. 그게 말이 됩니까? 자기 몸도 건사하지 못하는 사람이 경찰이라는 것을 스스로 인정하는 꼴이잖아요. 여자는 경찰이 아니라고요. 경찰이 아닌 여자를 뽑아놓고는 남자 경찰들이 도와주랍니다. 그래서 꼭 남자 여자 한 팀으로 순찰

팀을 구성해요. 여자를 못 믿겠다는 거죠. 이런 것을 여자 경찰이 기분 나쁘게 생각해야 하는 것 아닐까요? 건의해서 바로잡아야 하는 것 아닐까요? 여자 경찰은 여자가 아니라 경찰이에요."

"아니, 미국은 여자 경찰들끼리 잘만 순찰하고 범인도 잘 잡던데 우리나라 여자 경찰들은 뭐예요? 경찰이 아니라는 거예요?"

경위는 길게 담배를 빨았다.

"전경 아시죠?"

"네."

"전경이 해체되고 경찰로 이루어진 기동대가 생겼어요. 누가 매일 출동하고 서 있는 이런 곳에 가고 싶겠어요? 그래서 이제는 경찰이 되면 의무적으로 가는데, 여자 경찰이 많아져 기동대서 나온 남자 경찰들 보고 다시 가면 안 되냐는 말도 나오고. 여자들이 빠진 자리를 남자들이 메꾸느라고 힘들어요. 아까 말씀드린 격오지도 더 많이 가고. 남자들은 내근직은 꿈에도 생각할 수 없어요."

"고생 많으시네요."

"고생은 이렇게 남자 경찰들이 하는데, 진급은 여자 경찰들이 더 빨라요."

"어떻게 그런 경우가 생깁니까? 힘들게 일했으면 더 대접해주고, 진급도 더 빨리 시켜줘야 하는 것 아니에요? 그게 자본주의 논리 아닙니까? 자유대한민국에 어찌 공산주의 같은 이런 일이 있습니까? 그것도 경찰에서요."

보수 성향인 선배는 공산주의 같은 논리에 더욱 분개했다.

"생각해보세요. 내근직은 편하고 시간이 많죠. 그러니 진급시험에 대비해 공부할 시간도 많은 거예요. 남자들은 여자보다 상대적으로 힘든 교대근무, 힘든 순찰 지역을 담당하니 지쳐서 진급시험 공부를 할 수 있겠습니까? 며칠씩 잠복하고 집에 못 들어가는 강력계는 누가 갑니까? 거기도 여성 할당제로 팍팍 집어넣어야 하는 것 아니에요? 여자가 아니고 경찰이니깐요. 왜 그런 곳에는 여성 할당제를 하지 않는지 궁금합니다."

눈을 찡그린 선배가 담배를 물고 말했다.

"경찰은 특진 제도가 있는데 그럼 활동을 더 많이 하니깐 특진 기회가 더 많지 않나요?"

"위에서 특진 두 명을 추천하라고 합니다. 그럼, 여자들이 뭐라는 줄 알아요? 남자 하나, 여자 하나랍니다. 그럼 어떻게 될까요? 파출소 인원 열 명이 대상자라면 남자가 여덟 명이고 여자는 두 명입니다. 남자는 여덟 명 중에 한 명이 되는 거고 여자는 두 명 중에 한 명이 되는 거예요. 이렇게 여자에게 특진 기회가 더 많이 갑니다. 왜 여기서 남녀를 가르는지 답답합니다. 이때는 양성평등으로 똑같이 해야 한다고 하지 않는지, 자신들의 양성평등 기준으로 남자 하나 여자 하나입니다. 답답합니다."

경위는 담배 연기를 길게 뱉었다.

"경위님은 그러지 않으실 거잖아요?"

선배가 능글맞게 웃으며 말했다.

"선생님, 생각처럼 저도 그러고 싶죠. 그런데 선생님 저도 공직자예요. 투서 한 방이면 날아갑니다. 원칙대로 적용하면 여자들이 어떻게 생각하겠습니까? 겉으로는 아닌 척해도 속으로는 꽁해서 제 일거수일투족을 보고 있겠죠. 그러다 허점이 생기면 적어서 올리겠지요. 같이 일하는 직장에서 일 년 이 년, 같이 활동하고 이야기를 나누다 보면 그런 허점이 나오지 않겠습니까? '파출소에 온 손님에게 차 한 잔 드려.' 했어도, 여자 경찰이 수치심을 느꼈다 하면 성희롱이 될 수 있거든요. 무혐의 받으면 뭐 합니까? 신고가 들어간 것만 해도 공직생활에 큰 타격인데요. 젊은 친구들 이야기를 들으면 여자 경찰들끼리 단톡방이 있어서 맘에 안 드는 사람은 명단 돌리고 조리돌림한다는 이야기도 있더라고요. 무서워요. 선생님도 아시잖아요. 성에 관한 법이 코에 걸면 코걸이고, 한 번 걸리면 공직이 끝이라는 걸요. 남자 경찰들이 상대적으로 불이익 당하고 고생해서 혜택을 주고 싶지만……. 저도 공직생활 오래 하고 싶습니다. 명예롭게 마치고 싶습니다."

말을 마친 경위는 바닥에 담뱃재를 힘없이 털었다.

나는 대현 선배를 바라봤다.

선배는 고개를 쳐들고 하늘을 바라보고 있었다. 눈가에 촉촉한 물이 맺혀 있었다. 눈물을 말리고 있었다. 눈감고 살았으면 선배도 군에 계속 근무했었을 텐데, 마음이 아팠다.

군에서는 중징계를 받으면 군 복무 가능 여부를 판단하는 현역 복무 심사를 받아야 한다. 신고한 이들의 용서가 있으면 맏후임이 현역 복무 심사를 무사히 통과하여 계속 군 복무를 할 수 있었다. 안 되면 강제전역으로 가족이 같이 벌을 받아야 한다. 선배는 맏후임의 가족을 위해 까마득한 후배들에게 무릎 꿇고 울면서 사정했다. 벌은 받았으니 그 가족들을 위해서라도 그를 용서해달라고 사정했지만, 후배들은 변함이 없었다. 아이러니한 것은 맏후임이 후배들을 집에 데려가 같이 저녁도 먹었기 때문에 아이들은 까마득한 후배들, 신고한 후배들을 좋은 삼촌 이모로 부르고 알고 있었다.

선배는 매정한 어린 후배들에게 실망하고, 결국 자신의 의지를 전달하기 위해 대대장에게 제발 후배는 계속 군 복무하게 해달라고 사정하고 제대를 신청했다.

선배의 먹먹함이 전해졌다. 난 고개를 떨구었다.

선배 감정을 느껴서일까? 나의 그림자 속에 숨어 있던 외로움이 나를 휘감았다. 상체를 휘저었다. 숨을 쉴 수 없을 정도로 조여왔다. 눈 감고 외쳤다, 살려달라고. 몰아친 숨을 내쉬자 '턱' 하고 큰

숨이 돌아왔다.

순간이지만 식은땀이 흘렀다.

외로움은 그림자 속으로 사라졌다.

나를 현실로 돌아오게 한 것은 누군가의 말소리였다. 고개를 들었다.

경위와 수원 선배가 이야기를 하고 있었다. 대화를 마친 경위는 웃으면서 무전기로 누군가를 호출했다. 잠시 뒤 처음 우리에게 도움을 청한 여자 경찰이 왔다.

"최영아 순경, 여기 이분들 우리를 도와주시다가 약속 시각이 늦으셨다거든. 지금쯤 터널이 어느 정도 정리되었을 테니깐 가서 통과시켜드려."

지시를 마친 경위는 현장으로 갔다.

잠시 뒤 우리는 여자 순경의 안내를 받아 터널로 들어갔다. 고속버스는 뼈대만 남아 있었다. 소방관들은 연기 나는 부위에 계속 물을 뿌리고 있었다. 조금만 늦었으면 운전사와 중년 여성도 저 고속버스같이 되었겠다는 생각이 들었다.

물을 뿌리는 소방관들은 모두 남자였다. 현장 소방관 중에도 여자 소방관은 없었다.

[9]

우리는 간신히 약속 시각 십 분 전에 스카이호텔에 도착했다. 주차장에 주차할 곳이 없었다. 새벽 시각이라 주차 요원도 없었다. 주차공간을 찾기 위해 주차장을 두 바퀴 돌았다.

"선배님! 저기, 저기에 자리 있네요."

나는 빈 주차공간을 향해 차를 몰았다.

"야! 저기는 빨간색이잖아. 저기는 여자만 주차할 수 있는 '여성 전용 주차장'이라고!"

대현 선배가 소리쳤다. 시간에 쫓기는 우리 목소리는 점점 커졌다.

"선배님! 저기는 '여성 전용 주차장'이 아니라 '여성 우선 주차장'이라고 하는 데예요. 말 그대로 여성에 배려하라는 거예요. 급하면 남자도 주차할 수 있다고요."

후진 주차를 하기 위해 주차공간 앞으로 차를 위치시키고 후진 기어를 넣고 핸들을 돌리며 가속페달을 밟았다.

"빵! 빵!"

클랙슨 소리에 놀라 급하게 브레이크 페달을 밟았다. 몸이 앞뒤로 꿀렁했다. 클랙슨 소리와 함께 하이라이트 불빛이 차 안에 번쩍였다. 다들 얼굴을 찡그리며 뒤를 돌아보았다. 검은색 그랜저가 후진을 못 하게 우리 차 뒤에 바짝 붙어 있었다.

"뭐야? 사고 날 뻔했잖아."

대현 선배가 찡그리며 밖으로 나왔다.

"뭐 하는 거예요!"

양 옆구리에 손을 짚은 대현 선배가 뒤차를 향해 소리쳤다.

클랙슨과 하이라이트 세례가 멈추고 차의 운전석 유리창이 '윙' 소리와 함께 내려갔다. 핸들을 잡은 손에 하얀 장갑을 낀 오십 대의 통통한 아주머니가 얼굴을 내밀며 소리쳤다.

"어서 차 빼요! 여기는 여자 전용 주차장인데, 왜 남자가 여기다 차를 대고 있어요!"

대현 선배는 옆에 서 있는 내 얼굴을 물끄러미 쳐다봤다. 나는 눈을 질끈 감았다. 어떻게 설명해야 할까? 숨을 한 번 들이쉬고 말을 이었다.

"아주머니, 여기는 여성 우선 주차장이라고 하거든요. 여성에게 배려하라고 있는 거지, 의무가 아니거든요. 급하면 남자도 댈 수 있거든요. 말 그대로 배려예요. 저희가 지금 급한 상황이고 주차면이 없어서 지금 여기밖에 주차할 수 없거든요. 이해해주세요."

"내가 왜 당신 아주머니야! 아줌마가 여성 비하 용어인 거 몰라요! 이런 몰상식한 사람들이 있나! 뭐가 이해야! 여기는 여자 전용인데 왜 남자가 차를 대. 차 빼요! 생각이 있는 거야, 없는 거야. 내 자리를 자기들이 대면서, 뭐 배려 웃기는 소리 하고 있네. 지랄도 풍년이에요."

대현 선배와 나는 말문이 막혀 입을 앙다물고 하늘을 쳐다봤다.

딸과 약속 시각이 얼마 남지 않아, 수현 선배를 우선 보냈다. 선배는 급하게 뛰어갔다.

"몰상식이요? 어떻게 그런 말을 할 수 있습니까? 아주머니!"

대현 선배는 마지막 아주머니란 단어에 힘을 주며 말하며, 굳은 얼굴을 하고 여자 차로 다가갔다. 나는 선배를 막아 세웠다. 나는 아주머니란 말을 여사님으로 급하게 바꾸고, 공손하게 보이기 위해 가지런히 양손을 모으고 천천히 설명했다.

"죄송합니다. 여사님 여성 전용 주차장은요……."

"차 빼! 빼! 빼! 빼라고! 내 말 안 들려! 차 빼라고! 여기는 여성전용 주차장, 내 자리라고!"

설명해도 듣지 않았다.

이해하려 하지도 않았다.

무식한 게 이긴다고 했던가.

"뭐 해요, 어서 차 빼지 않고!"

아주머니는 클랙슨을 신경질적으로 연신 누르며 소리쳤다. 적막했던 호텔이 잠을 깨는 것은 물론, 자고 있던 호텔 투숙객들도 창문을 열고 하나둘 쳐다봤다.

"아, 이 아줌마가."

단단히 화가 난 대현 선배가 아주머니 차로 갔다. 나는 사정하며 선배를 말렸다. 진퇴양난, 이때 검은색 제네시스가 살그머니 아주머니 차 뒤쪽으로 오더니 멈췄다.

운전석 문이 열리면서 사십 대 초반 여인이 나왔다. 긴 생머리에 하얀색 블라우스 짧은 치마 굽 높은 하이힐. 언뜻 보면 삼십 대 초반으로 착각할 정도였다. 어떻게 사십 대였는지 아냐고? 직접 이야기해봤기에 안다. 하얀 블라우스의 여자가 또각또각 하이힐 소리를 내며 다가왔다.

"무슨 일인가요?"

여자가 물었다. 우리는 누군지 모르기 때문에 잠깐 눈길만 줄 뿐 대답하지 않았다.

"제가 이 스카이호텔 대표입니다. 무슨 일이시죠?"

나는 대표에게 지금까지 있었던 일을 폭풍처럼 설명했다. 이야기를 다 들은 대표는 통통한 아주머니에게 다가갔다. 그리고 허리를 숙여 통통한 아주머니에게 조용히 말했다.

"여기 이분들 설명이 맞거든요. 여사님이 다른 곳에 주차하시는 게 맞을 것 같습니다."

조용한 대표의 말에 통통한 아주머니는 박력 있게 대답했다. 더하여 삿대질까지.

"야! 네가 뭔데 맞다, 틀리다 하는 거야. 안 비켜! 내 자리를 왜 내가 비켜야 하는데!"

"네, 알겠습니다."

체념한 대표는 몸을 돌려 어딘가로 전화했다. 잠시 뒤 양복 입은 한 남자가 뛰어와 대표에게 90도로 허리를 꺾어 인사를 했다.

"대표님, 죄송합니다. 새벽 시간에 주차 관리를 해주시는 아저씨 부인이 갑자기 돌아가셔서 인력 충원을 못 했습니다. 죄송합니다."

대표는 무표정하게 남자에게 말했다.

"김 이사님, 저 여사님 주차할 곳이 없다고 합니다. 회장님 일정이 없으니 회장님 공간으로 주차하게 해주세요. 그리고 제 차도 주차 부탁드리고요."

"네, 알겠습니다."

대표에게 자동차 키를 넘겨받은 김 이사는 통통한 아주머니에게 갔다.

우리는 서서 둘의 이야기를 들었다. 김 이사는 대표에게 지시받은 대로 이동 주차를 이야기했지만 퉁퉁한 아주머니는 자신은 여성으로서 여성 전용 주차구역에 끝까지 주차하고 싶다고 했다. 할 수 없이 김 이사는 이동 주차공간이 여기 회장님 전용 주차장이라고 이야기하고, 덧붙여 계속 여기에 주차하고 싶으시면 회장님 주차공간을 우리에게 주겠다고 말했다. 그러자 아주머니가 당장 태세를 전환하고 김 이사의 안내를 받으며 차를 이동시켰다.

회장 전용 주차장이라는 말에 아주머니 얼굴에 희미하게 미소가 지어지는 것이 어두운 유리창을 통해서 보였다. 허영심은……, 아마 내일이면 우리에게 어떤 행동을 했는지는 이야기하지 않고 인스타그램이나 맘카페에 자신이 회장처럼 대우받았다고 올릴 것이다. 차가 사라지는 것을 보고 주차를 마쳤다.

여기까지 오는 과정도 힘들었는데 마지막 주차 과정이 너무 힘들었다. 맥이 다 빠졌다.

우리가 차에서 내릴 때까지 대표는 기다리고 있었다.

"불편을 겪게 해드려서 죄송합니다. 제가 관리자로서 죄송도 하고 커피 한 잔 대접할 테니 함께 가시지요."

여자가 미소 지으며 말했다.

대현 선배, 나, 대표, 이렇게 셋이 나란히 어두운 주차장을 걸었다. 또각또각 어둡고 조용한 주차장에 하이힐 소리가 규칙적으로 울렸다.

“저 누구라고 하셨죠? 제가 잘 못 들어서요.”

“여기 스카이호텔 대표예요.”

대현 선배의 물음에 대표가 미소 지으며 말했다.

“이상한 아주머니 만나서 진땀 빼고 있었는데 해결해주셔서 정말 감사합니다.”

“저희 잘못인데요. 죄송합니다. 주차 요원이 없던 것도 문제고, 여성 우선 주차장을 만든 우리에게도 잘못이 있죠.”

호텔 대표가 다시 고개를 숙이며 말했다.

“장애인 주차장처럼 여성 우선 주차장은 설치 의무사항 아닌가요?”

내가 놀라서 물었다.

“네, 아주 기분 나쁘게도 장애인 주차장처럼 여성 우선 주차장도 의무사항이에요. 주차구역의 10%는 무조건 만들어야 하고, 차가 커져서 주차하기 편하게 주차공간을 늘린 확장형 주차구역은 50%를 무조건 만들어야 해요. 승강기 타기 좋은 데, 관리 요원이 접근하기 쉬운 데. 제일 기분 나쁜 것은 장애인 주차장하고 가까이 만들래요. 여자를 아주 장애인과 동급으로 보는 것 같아요.”

“50%? 그럼 절반이 여성 주차장이네요. 그렇게나 많이 있나요? 남자들은 어디에 세우라고요.”

대현 선배와 나는 눈이 휘둥그레졌다.

"앞뒤가 안 맞아요. 일부 여성들이 절대적 남녀평등을 외치는데, 그들이 원하는 남녀평등이 되려면 동등한 경쟁과 의무를 지는 것부터 시작인데, 여성들은 여성 할당제로 남자와 경쟁하지 않고 소방, 경찰에 들어가는 것을 당연하게 생각하고, 여성 장교는 된다고 하면서 병으로 복무하는 의무복무는 신체가 안 돼서 못 하겠대요.

소방, 경찰, 군대는 재난과 외적으로부터 국민의 생명을 지키는 곳인데 과연 혜택받고 들어온 여자들이 국민을 안전하게 지켜줄 수 있을까요?

경쟁은 싫고 혜택은 받고 싶고, 이러니 여성들을 운전 못하는 사람으로 취급하는 여성전용 주차장 제도의 혜택은 당연하게 받는 거죠. 나 같았으면 따졌을 거예요. 이따위 제도 없애라고요. 이게 무슨 남녀평등이에요. 혜택만 받는 선택적 평등이죠."

세련된 미모의 여성 대표 입에서 거친 말이 쏟아졌다. 나와 대현 선배는 뭐지 하며 서로 돌아봤다.

"같은 여자로서 여자에게 무척 실망한 일이 있으셨나 봐요?"

내가 물었다.

"네, 엄청나게 실망했죠. 제가 여자 사업가로 지금까지 오는 데 어려움이 많았거든요. 그래서 나와 같은 여자 후배들을 키우기 위해 여자 사원들을 많이 뽑았죠. 결론이 뭔지 알아요? 완전히 폭망이에요. 이런 년들을 왜 뽑았나, 그냥 남자 사원들을 더 뽑을걸, 내가 이 고생을 왜 사서 하는지 후회가 많아요.

남자 사원들은 야근, 외근, 출장 같은 것 물불 가리지 않고 하는데 여자 사원들은 그러지 않더라고요. 회식은 어떻고요? 계약을 따내기 위해 접대를 나갈 때도 남자 사원들은 달라요. 비장해요. 눈빛이 달라요. 미리 숙취제거제도 챙겨주고요. 가글도 준비해서 토를 하고 오면 입 냄새 빨리 제거하라고 몰래 줘요. 이런 애들을 어찌 좋아하지 않을 수 있어요? 완전히 전우예요, 전우.

서비스 사업은요 사무실에서 이루어지는 것이 아니라 이런 접대에서 계약이 일어나는 거예요. 사무실 업무시간은 1부, 퇴근 후가 2부예요. 접대 장소가 우리들의 전쟁터예요.

여자들은 이런 것을 후진적 문화라고 질색하며 실력만 좋으면 된다 하는데, 그거 아마추어나 하는 말이에요. 사업에 사 자도 모르는 애들이 지껄이는 이야기죠. 개인적 신뢰가 끈끈해야 일을 맡길 것 아니에요! 신뢰가 없는 애들한테 실력만 믿고 어떻게 일억, 이억, 심지어 십억 되는 프로젝트를 맡겨요. 그러다 돈 떼먹고 도망가면 어떻게 하려고요.

남자들은 이런 상관관계를 이해하는데 여자들은 이해하려 하지도 않거니와 접대로 힘든 몸을 이끌고 출근한 남자 사원들에게 술 냄새 난다고 뭐라 하더라고요. 자기들 월급 줄 일거리를 가져온 줄도 모르고요. 고마움을 모르는 거죠.

이런데도 같이 입사한 여자가, 왜 자기 월급이 남자 동기보다 적냐고 동일노동 동일임금이라고 지랄을 해요. 여사원을 조용히 불러서 외근 나간 것, 출장 나간 것, 접대해서 계약 따온 것을 차근차근히 보여줬죠. 마지막에 한마디 했어요. '네 남자 동기처럼 하면 너는 그 이상 줄게.' 그러니 그냥 입 다물고 일하더라고요.

여자들이 유리천장, 유리천장 하면서 뭐라 하는데, 이렇게 말하는 년들 중에 잘나가는 남자 사원처럼 노력해본 적이 있는 애들이 있을까요? 노력하지도 않고, 희생하지도 않고, 최소한 회사에 충성하지도 않고, 남녀 차별 프레임을 씌워서 지껄이는 거예요. 이렇게 징징대고 지껄이면 회사에서도 경찰, 소방처럼 노력하지 않고 할당제나 받아보려는 심산인 거죠.

막말로 자본주의에서 회사는요, 사람이건 짐승이건 나에게 돈을 많이 벌어다 주는 애를 좋아하는 게 이치예요. 능력이 우선인 거죠. 침팬지가 돈을 많이 벌어다 주면 저는 그 침팬지를 좋아할 겁니다. 월급도 많이 주고요. 남자 여자가 아니라고요.

우리나라가 여자가 얼마나 사업하기 좋은 나라인데 아직도 유리천장이라고 지껄이는 애들이 있으니 답답해요. 여성이라는 이름으로 사업지원 제도의 혜택을 누릴 기회를 두 번 얻을 수 있는 게 얼마나 큰지 몰라요. 해봤어야지요.

어렸을 때 집에서 공주님으로 대접받았던 것을 왜 직장에 와서도 받으려 하는지 도무지 이해가 안 돼요. 정신상태가 아주 완벽히 썩어 있어요. 비서실은 7:3 비율로 여자 남자 사원 있는데, 신입 남자 사원 중 하나가 왜 남자들만 물통 담당이냐고 하더라고요. 마시는 사람이 대부분 여자사원들이고요. 일리가 있었어요. 여자가 못 들을 것도 아니고 그래서 여자들도 같이 해라 했더니만, 남자 사원들이 있는데 왜 우리가 하느냐고 자신들은 못 하겠다고 지랄지랄 하는 거예요. 완전히 남자 사원들을 자기들 노예처럼 부려 먹으려고 하더라고요. 자기들이 공주님이에요? 자기들이 얘네들 고용했어요? 내가 고용했지. 그래서 어떻게 한 줄 아세요? 물통 정수기를 사무실에서 치워버렸어요. 이제 물 먹으려면 다른 사무실로 가야 하니 엄청 불편할 거예요. 남자 사원들이 그동안 배려해준 것을 고마워하지도 않더라고요.

완전히 실망하게 된 사건이 얼마 전에 있었어요. 경리가 어음 처리를 잘못 해서, 회사로 독촉장이 날아왔거든요. 이 독촉장 때문에 회사 자금 사정이 어렵다, 잘못 하면 문 닫는다는 이상한 소문이 난 거예요. 싹 갈리더라고요, 회사를 살리려는 파와 조용히 이직을 준비하는 파로요.

회사를 살리려는 파는 대부분 남자 사원이었어요. 어떻게든 회사를 살리려고 눈이 초롱초롱 빛나는데 여자 사원들은 행동이 별로 없어서 자세히 관찰해보니 이직을 준비하고 있더라고요. 배신감이 몰려오더라고요. 내가 내 발등을 찍었구나 하는 후회와 실망감이 밀려왔죠. 지금도 이런데, 실제 위기 상황이면 어떻게 할지 걱정이 앞섭니다.

더 심한 것은 대표인 내가 원래 능력이 없었는데, 법무법인에 다니는 변호사 남편을 꾀어서 호텔을 지었다고 헛소문을 낸 거예요."

"남편분이 총각 때 법무법인에 다니셨습니까?"

"끌어내림의 법칙이라 하잖아요. 남이 잘되면 자기 수준으로 끌어내리려고 하는 몹시 나쁜 습성이요. 젊은 여자 혼자 하는 사업이 잘나가니 이상한 고소가 들어오더라고요. 법률상담을 받으러 법무법인에 찾아갔는데, 그때 만난 게 우리 남편이에요. 두 살이나 어려요."

대표는 미소 지었다.

"와, 연상연하 커플이시구나."

"결혼하고 둘의 돈을 모아 호텔을 짓고 남편을 명목상이지만 회장이라는 직함을 주었는데, 이것들이 내가 능력도 없으면서 돈 많은 변호사 남편 만나서 대표직에 있는 거라고 이상한 소문을 내더라고요. 솔직히 내가 더 많이 투자했어요. 남편은 변호사 공부하느라고 늦게 시작했거든요. 수소문해서 드디어 누가 헛소문을 냈는지 찾아냈어요. 앞에서는 알랑방귀 뀌면서 뒤에서는 험담하고 다니는 년이었어요. 회식 한 번 참여 안 하고 야근하자고 하면 이리 빠질 저리 빠질 하는 년이었어요. 오늘 일찍 출근한 게 그년 자르는 일 때문에 일찍 출근한 거예요. 신경 쓰여서 잠이 와야지요."

"순순히 나갈까요?"

"카톡 보낸 것과 다른 사람이 증언해준 내용이 있으니 되겠지요. 안 나가면 명예훼손으로 고소한다고 해야지요."

"캬, 여기 아메리카노 맛있습니다. 하루 날밤 새우고 또 세 시간 운전하고 가야 하는데 아주 카페인 충전 맛있게 합니다."

얼굴에 웃음을 가득 채운 대현 선배가 커피잔을 내려놓으며 말했다.

몰입해서 대표 말을 듣다 보니 우리는 어느 순간 대표와 함께 테이블에 앉아 커피를 마시고 있었다.

"어머, 대표님 오셨어요?"

유니폼을 입은 여자가 우리를 향해 다가왔다. 대표는 유니폼의 여자를 향해 미소 지으며 손을 흔들었다.

"저 애가 우리 매니저인데 내가 여자 중에 쟤만 믿어요. 아주 열심이에요. 빼는 것도 없고 시키는 것도 얼마나 잘하는지, 젊었을 때 나를 보는 것 같아요."

대표는 흐뭇한 엄마 미소를 지으며 일어나 매니저를 우리에게 소개했다.

"응, 어서 가봐."

"네, 대표님."

매니저는 밝게 웃으며 자리를 떴다.

매니저가 멀리 가자 대표가 우리를 향해 고개를 돌리며 말했다.

"저년이에요, 앞에서는 알랑방귀 뀌고 뒤에서 호박씨 까는 년이. 오늘 해고 통보해야 하는데 잘될지 모르겠네요. 초면인데, 제가 너무 많은 이야기를 한 것 같네요."

대표는 우리에게 마지막 인사를 했다.

"아닙니다. 저희도 재미있는 이야기 잘 들었습니다. 여성 CEO들의 고충을 알았습니다."

내가 말했다.

"너무 답답해서 제가 말이 길어졌네요."

대표는 우리에게 인사했다. 우리도 따라 일어나 인사했다.

"아빠!"

여자의 강렬한 뇌성이 라운지를 울렸다. 우리는 소리 나는 곳을 향했다.

긴 머리카락을 금발로 염색한 스물세 살, 수원 선배의 딸 미진이가 일어나 수원 선배를 향해 소리치고 있었다. 수원 선배는 맞은편에서 고개를 숙이고 앉아 있었다.

수원 선배가 딸과 함께 사채업자를 만나는 동안, 우리는 다른 테이블에서 호텔 대표와 커피를 마시면서 이들을 감시했다. 영화처럼 사채업자들이 이상하게 나오면 당장 달려가려 했는데 사채업자들은 깔끔하게 자리를 떴다.

딸과 수원 선배 이렇게 부녀 둘만 남아 이야기하던 중이었다.

일어난 딸은 눈물을 흘리며 울먹울먹 말을 이어나갔다.

“아빠, 내가 얼마나 무서웠는 줄 알아? 나, 섬으로 팔려 가는 줄 알았어, 아빠. 아빠면 다야? 내가 유학비 달라고 했을 때, 줬으면 내가 이런 일 당하지 않잖아. 진작에 돈 구해줬으면 내가 이 고생 안 해도 되었잖아!

아빠! 아빠가 그러고도 아빠야! 딸, 유학비 일억 하나 해주지 못하는 게 아빠냐고! 어떻게 딸을 이렇게 고생시킬 수 있냐고!”

딸은 수원 선배를 향해 울부짖었다.

모두의 시선이 이 둘을 향했다. 수원 선배는 죄인처럼 고개를 숙였다. 어깨를 더 움츠렸다. 어깨가 가볍게 흔들리는 것이 느껴졌다.

“딸 유학비도 못 해주는 아빠가 무슨 아빠야! 아빠는 무능력자야! 다시는 연락하지 마!”

오른쪽 어깨에 하얀색 가방을 신경질적으로 멘 수원 선배의 딸은 호텔 라운지를 빠른 걸음으로 나갔다. 걸을 때마다 뒷머리 금발이 심하게 들썩였다. 우리는 딸과 수원 선배를 번갈아 봤다. 대답 없는 수원 선배의 어깨만이 간간이 들썩였다. 울고 있었다.

대현 선배가 혼잣말했다.

“시벌, 아빠가 호구 좆이여. 살려달라고 할 때는 언제고. 그래, 낳은 게 죄다.”

우리는 우는 선배를 달래어 차에 올라탔다. 선배는 뒷좌석에 파묻혀 아무 말도 하지 않았다. 모닝은 새벽 안개를 뚫고 무진 관리소로 출발했다.

가는 동안 우리는 아무도 말을 하지 않았다.

[10]

"어, 왔어?"

승현 선배가 우리를 반갑게 맞이했다. 무진 1호는 벌써 점검을 마치고 주기장에 나와 있었다. 이제 왼쪽 1번 엔진에 교체부품인 호스만 장착하면 된다. 나와 승현 선배는 헬기에 올라가 작업을 시작했다. 원주에서 가져온 호스를 상자에서 꺼내 호스의 양단을 유니언에 끼우고 9/16 스패너로 조였다. 승현 선배가 선 작업을 해놔서 이십 분 만에 끝냈다.

모든 준비가 끝.

손을 크게 흔들자 조종사가 시동을 걸었다. 로터가 돌아가자 큰 바람이 시원하게 우리를 밀어내기 시작했다. 호스에서 연료가 새지 않는다.

결함 수정. 이제 출동이다. 엄지손가락을 추켜올렸다.

조종사는 승강기 레버를 당겼다. 바람과 함께 항공기가 공중으로 날아올랐다. 여명과 함께 이륙한 항공기는 기다란 스노클을 흔들며 산불현장으로 달려갔다. 대현, 수현, 승현 선배 그리고 나. 우리는 격납고 앞에 서서 멀어져 가는 무진 1호기의 뒷모습을 바라보았다.

"소장님이 검사관님들 소장실로 오시랍니다."

청원경찰의 연락에 승현, 수원 선배, 나 이렇게 셋이 소장실로 올라갔다.

소장님은 알고 있었다.

새벽에 관리소로 복귀했는데 우리가 없는 것도 확인했다. 당장 전화를 해도 되었지만, 무슨 일이 있겠지 하며 찾지 않고 우리를 기다리고 있었다. 소장님의 물음에 어제 저녁부터 오늘 새벽까지의 사정을 이야기했다. 소파에 파묻혀 묵묵히 눈 감고 이야기를 들은 소장님이 상체를 일으키며 입을 열었다.

"엄격히 말해서 근무지 이탈에 복무 위반입니다. 하지만 아무 일도 없었고 할 일은 다 했으니, 그냥 제 선에서 끝내겠습니다. 다시는 이런 불미스러운 일이 일어나지 않게 하십시오. 그리고 왜 저에게 먼저 이야기하지 않았는지 실망스럽기도 합니다. 피곤하니 어서 가서 쉬시고, 일 보세요."

소장실을 나온 우리는 격납고 한편에 있는 흡연 장소에 모였다.

서로 누가 먼저 이야기를 할까? 눈치만 보는 어색한 침묵이 흘렀다. 담배만 피웠다.

"선배, 고마워요."

먼저 입을 연 것은 수원 선배였다.

승현 선배와 대현 선배가 수원 선배를 안아주고 등을 두들겨주었다.

우리는 함께 미소 지으면서 힘차게 담배를 흡입했다.

대현 선배가 특유의 잇몸이 보이는 미소를 지으며 말했다.

"야, 우리 그동안 치열하게 살아왔지?"

다들 담배를 빨다 말고 멍하게 대현 선배를 바라보았다.

"우리, 마누라가 인정해주지 않건, 자식들이 인정해주지 않건, 가족들을 위해 치열하게 살아왔잖아? 그래서 지금 여기에 우리가 있는 거고. 돈이 없어도 치열하게 살아왔다는 것은 인생 허투루 살지 않았다는 거야. 수원아, 승현아, 준호야, 우리 계속 치열하게 살자. 이게 부랄 두 쪽 달린 놈들의 숙명이잖아, 그렇지? 죽을 때까지 이렇게 살아보자고."

대현 선배는 우리들의 눈을 하나하나 맞추었다.

잠깐의 시간이 흘렀을까? 우리는 약속이라도 한 듯 다 같이 고개를 끄덕였다.

"그래, 선배가 보기에 너희들이 열심히 살아줘서 고맙다. 그럼 나 간다. 나도 항공기 띄워야지. 늦었다."

대현 선배는 재떨이에 담배를 급하게 비벼 끄고 나의 애마 모닝을 향해 달려갔다.

"준호야, 차는 오늘 저녁에 가져다줄게."

선배는 손을 흔드는 내내 미소를 잃지 않았다.

우리도 손을 흔들어주었다.

"야, 나도 가야겠다. 와이프 일어날 때야!"

승현 선배도 뛰어갔다.

수원 선배와 나는 담배를 마저 피우며 떠나는 이 둘을 보았다. 그리고 되새겼다.

치열하게 살아왔고 앞으로도 치열하게 살자.

"준호 검사관, 이제 2호기 점검해야지. 그래야 내일 계획대로 산불에 투입할 거 아니야!"

"네."

수원 검사관은 언제 그랬냐는 듯 프로페셔널한 정비사로 돌아와 있었다. 가뿐가뿐 걸음걸이가 상쾌했다. 나는 수원 검사관을 따라 정비 격납고로 들어갔다. 우리는 빨간색 철판으로 만들어진 스냅온 공구 통을 양옆으로 열고 플라이어와 스패너를 집어 들었다. 항공기로 빠르게 뛰어 올라갔다.

엔진 오일 교환이 오늘 할 일이다.

산불은 일주일 더 기승을 부렸다.

하루 여덟 시간 이상의 비행으로 항공기 정비 주기가 빠르게 도래했다. 정비 주기가 도래한 항공기가 몰아쳐 격납고로 들어왔다. 넘쳐나는 항공기로 격납고에 수납이 안 된 항공기는 이슬을 맞히며 주기장에서 정비를 수행했다.

주말, 퇴근은 당연히 없었다.

그저 묵묵히 정비를 수행하고 산불진화에 항공기를 투입했다.

우리는 쉬는 시간만 있으면 머리를 붙이고 잠을 청했다. 힘이 들어 서로 말도 하지 않았다. 지치고 힘든 상황이지만 헬리콥터 정비사 중 최고의 프로패셔널은 산림청 정비검사관들이라는 자존감이 우리를 지켜주었다.

치열했던 일주일이 지나자 드디어 기다리던 단비가 왔다.

꺼지지 않을 것 같았던 산불도 자연의 힘 앞에서는 무력했다. 산불현장통합본부도 해체되고, 공중진화대와 특수진화대도 철수해 숨을 돌리고 휴식을 취했지만, 이들과 달리 정비사들의 밤낮없는 정비업무는 계속되었다. 또 다른 산불이 발생하면 투입할 항공기를 준비해야 했기 때문이었다. 정비사들의 산불과의 싸움은 아직 끝나지 않았다. 그들의 싸움은 격납고 안에서 계속 이어졌다.

삼 주가 지났다.

숨을 돌릴 때쯤 되자 서해 아산 쪽에 대형 산불이 발생했다. 관리소 내의 모든 항공기가 아산으로 출동했다. 아산에서 이 주간 노숙하며 항공기를 지원했다. 돌아온 후에는 또 다른 출동을 위해 밤낮없이 또 이 주간을 정비해 항공기를 준비했다. 우리는 이렇게 봄 산불 기간인 석 달 동안 정비검사관이라는 소명을 가슴에 안고 치열하게 살았다.

그렇게 치열했던 봄이 지나갔다.

각자의 삶 속에서 서로 소원해 갈 때쯤, 우리는 한 장례식장에서 다시 모였다. 정확히 산불 대기기간이 끝난 두 달 뒤였다.

소장님의 장례식장이었다.

두 다리가 땅에 닿지 않게 스스로 목숨을 끊었다.

11

승현, 대현, 수원 선배와 나 이렇게 넷이 장례식이라는 사건으로 다시 모였다. 고인이 되신 소장님에게 인사를 바치고 테이블에 둘러앉았다.

껄끄러운 이야기는 다음으로 미루듯 우리는 그동안 지냈던 이야기를 먼저 했다.

승현 선배의 형수는 이제 제정신으로 돌아와 가족과 함께 생활한다고 했다. 선배는 살도 조금 찌고, 얼굴에도 핏기가 돌았다. 수원 선배는 새 형수를 만나 깨소금이 떨어지게 알콩달콩 살고 있었다. 새 형수는 두 번이나 이혼한 분으로, 두 번 다 사업하던 남자들로 바람을 피워 이혼했다. 형수는 이제 돈은 필요 없으니 착한 남자면 된다고 했다. 그래서 공무원인 수원 선배를 만나 혼인신고하고 함께 살게 되었다. 주말 산불 출동대기로 출근하면 도시락을 몇 개씩 싸 온다. 하는 말이 형수보고 안 가져가도 된다고 해도 아침, 점심, 저녁까지 싸준다. 그것을 옆에서 보고 있으면 왜 이리 부러운지. 대현 선배는 6개월간의 산불 대기가 끝나 집에 일주일간 다녀오고, 회사에서 밀렸던 항공기 정비를 수행하고 있다고 했다.

우리는 소소한 이야기를 하면서 정작 중요한 이야기는 하지 않았다. 누군가 먼저 꺼내기를 기다리고 있었다.

"그런데 소장님은 어떻게 돌아가신 거야?"

혼자 소주잔을 빙빙 돌리던 대현 선배가 말했다.

일순 침묵이 흘렀다.

관리소에서도 다들 침묵하고 있기에 정확한 내막을 몰랐다. 부분부분 흘려들은 '카더라' 통신밖에 없었다. 서로 눈치를 보며 말을 아꼈다. 그때 단발머리 여자가 우리를 향해 비틀비틀 걸어왔다.

항공정비팀의 행정업무를 지원해주는 지원팀 최 팀장이었다.

"안녕하세요?"

혀 꼬부라진 말로 짧게 인사한 최 팀장은 수원 선배 옆자리에 털썩 주저앉았다. 얼굴이 붉게 변해 있고 몸짓과 말이 어눌한 것이 이미 많이 취해 있었다.

"검사관님, 우리 소장님 불쌍해서 어떻게 하죠?"

최 팀장은 소주병을 따며 말했다. 꼬인 혀 때문에 뒷말이 흐릿하게 들렸다. 우리는 최 팀장을 바라보았다.

“소장님이 왜 돌아가신 줄 아세요?”

최 팀장은 수원 선배의 잔에 술을 따라주며 말했다. 수원 선배는 고개를 좌우로 흔들었다.

“누가 우리 소장님을요~, 성희롱으로 신고했대요~. 그래서 징계위원회 불려 갔대요. 그렇게 맘고생 하시다가 가셨대요.”

대현 선배의 눈이 커지는 것이 보였다.

“성희롱 신고 내용이 뭔지 알아요? 아세요? 아세요?”

최 팀장은 우리와 하나하나 눈을 맞추며 물었다. 어서 대답해보라며 수원 선배의 어깨까지 흔들었다.

잠깐의 침묵이 지나자 최 팀장이 입을 열었다.

“글쎄, 지자체 공무원 중에 여자가 절반이 될 정도로 많은데 재난 사태인 산불현장에 활용을 안 하고 또 여자 공무원들 스스로도 안 하려 해서 앞으로 큰 문제라고 이야기해서래요. 그것도 그 여자한테 직접 이야기한 것도 아니고 지가 지나가다가 들은 거래요. 억울하지 않아요? 검사관님, 소장님이 억울하지 않겠어요?”

최 팀장은 고개를 떨구고 잠시 멈추었다.

우리는 아무 말도 하지 않고 최 팀장만 쳐다보았다. 잠시 멈추었던 최 팀장은 자다 일어난 것처럼 벌떡 고개를 들며 말을 이었다.

“소장님이 자기 기분 나빠지라고 앞에서 이야기했어요? 제 앞에서 안 했잖아요~. 면전에 대고 안 했잖아요~. 지나가다 들은 거로 신고를 할 수 있어요? 산불현장통합본부에서 저녁에 다른 손님하고 이야기하는 걸 들었다는 거예요. 글쎄, 그 이야기가 자기에게 들렸기 때문에 성적 수치심을 느껴서 성희롱 신고를 했대요. 막말로 사실은 사실이잖아요. 이번 산불 때 여자 공무원들은 다 집으로 출퇴근하고 사무실에서 대기했잖아요. 남자 공무원들만 현장에 밤새고 있었잖아요. 그걸 이야기한 건데 왜 소장님이 성희롱으로 신고받아야 하냐고요~. 으앙, 우리 불쌍한 소장님 어떻게 해요. 불쌍해서 어떻게 하냐고요~. 친절하신 분이었는데 왜 그런 분이 먼저 가야 하냐고요~. 으앙."

최 팀장은 엎드려 울기 시작했다.

순간 생각났다. 수원 선배를 찾으러 갔을 때 산불현장통합본부에서 소장님과 한 대화였다. 몸이 부르르 떨리며 한기가 몰려왔다.

간과하고 있었다. '여성이라 일을 잘하지 못한다. 여자라서 문제다.'라는 이야기를 여자가 들었다면 이것은 성희롱으로 신고가 될 수 있고 처벌도 될 수 있다. 소장님이 우리와 이야기할 때 그곳에 있었던 여자 공무원이라면 김미정 사무관밖에 없었다. 소장님과의 마찰로 앙심을 품고 신고했다고 생각할 수밖에 없다. 화가 난 상태니 더욱더 안 좋게 들렸을 거다. 잘못 걸렸다. 소장님은 다른 사람들처럼 눈감고 대충 굴러가도록 해야 했는데 그 김미정 사무관과

각을 세운 것이 문제였다. 앞으로 공무원 사회가 어떻게 바뀌어야 한다는 생각을 사명감으로 말하고 행동했을 뿐인데……. 이것이 삼십 년 공직 생활을 불행으로 끝나게 했다.

그저 눈감고 있었어야 했는데.

더 조심했어야 했는데.

조사관들에게 대화 상대로 나도 있었다고 이야기했으면 나도 연루되었을 사안이었다. 사려 깊은 소장님이 계약직인 나를 배려한 것이다. 고마움이 뭉쳐왔다.

산불현장통합본부에서의 소장님 이야기는 여성을 비하하려는 목적이 아니었다. 하지만, 말은 녹음하지 않는 이상 정확하게 기록되지 않고 변형된다. 악의적이지 않지만 듣는 이의 마음에 따라 편집되고 그것을 제삼자에게 감정 섞인 상태로 적어 제출하면 문제가 아닌 것이 문제가 된다.

성희롱이라고 신고되는 순간 그 사람은 개쓰레기가 된다.

소장님이 그동안 얼마나 힘들었을까? 공직 삼십 년 동안 쌓아온 모든 것이 허물어지고 깨지는 순간이었다. 올곧은 공직자라는 가치로 살아왔는데 조사관들 앞에서 개쓰레기가 되었으니 그 심정이 어땠을까?

흡연장에서 나와 홀로 담배를 피우고 있을 때 인사를 드렸더니 평소와 달리 말이 없던 것이 이해가 갔다. 그전에 알았으면 내가 어떻게든 위로를 해드렸을 텐데, 이 성희롱이란 신고에 엮이면 2차 가해란 이유로 동료에게조차 말을 할 수 없다. 그 괴로움을 오롯이 혼자 버텨야 했을 소장님의 마음이 이해가 갔다. 조금 더 잘해드릴 걸 아쉬움이 밀려왔다.

생각이 여기까지 미쳤을 때 몸이 빠르게 굳어왔다.

장례식장 문상객들 대부분은 공무원이다. 성희롱 신고 내용을 다른 이들에게 이야기하면 2차 가해로 신고될 수 있다. 나는 주위를 둘러봤다. 공무원으로 보이는 이들이 몇 있었다. 등에서는 식은 땀이 나고 이마에 마른 땀이 났다.

'최 팀장에게 조용히 하라고 해요.'

나는 어서 최 팀장을 말리라고 수원 선배의 옆구리를 살짝 치며 말했다.

수원 선배가 엎드려 우는 최 팀장의 귀에 작은 소리로 목소리 좀 낮추라고 말을 했지만, "엉~! 엉~!" 최 팀장은 더 크게 울었다.

할 수 없이 나는 빠르게 최 팀장 반대편에 앉아 최 팀장 귀에다 말했다.

절박했다.

'최 팀장님 더 말하면 2차 가해로 신고될 수 있어요. 제발 조용히 말해요. 남들이 들으면 안 돼요. 우리는 신고되면 바로 처벌이고 바로 계약해지예요. 제발 조용히 해주세요.'

"그러면 안 되지!"

최 팀장은 벌떡 일어났다.

손으로 눈가의 눈물을 닦았다. 그리고 옷매무새를 잡고 바르게 앉았다.

"소장님도 가고 검사관님들도 가면 안 되지. 그럼 안 되지. 그것도 나 때문에 간다면 더더욱 안 되지."

"야, 이년아, 네가 그러고도 인간이야. 네가 그러고도 마누라라고 여기 있는 거야! 어서 나가! 어서 나가라고! 인두겁을 쓴 짐승이 아니고는 어떻게 여기에 올 수 있어! 어서 나가! 나가라고!"

고인의 영정 앞에서 중년 여성이 울부짖는 소리가 들렸다.

우리는 고개를 돌려 쳐다보았다. 소장님보다 나이 들어 보이는 여성이 검은 정장을 입고 온 여성을 향해 소리치고 있었다. 검은 정장의 여자 옆에는 노랑머리 키 큰 남자가 서 있었고 뒤에는 대학생으로 보이는 남자와 여자가 서 있었다.

"아이고, 아이고, 내 동생. 죽은 내 동생이 불쌍해서 어떡해! 내 동생이 억울해서 어떻게 해!"

"엄마!"

중년 여성이 정신을 잃고 쓰러졌다.

"어서 병원 앰뷸런스 불러!"

아들로 보이는 내 또래의 건장한 남성이 나이 든 중년 여성을 업고 허겁지겁 장례식장 밖으로 빠져나갔다.

"올 것이 왔네, 드디어 왔어. 내 저렇게 될 줄 알았어. 저 사람들이 누구인 줄 알아요?"

최 팀장이 시선을 거두며 말했다. 여전히 혀가 꼬였다. 우리 시선은 다시 최 팀장으로 향했다.

"저 여자는 소장님 와이프고요, 뒤에 서 있는 애들은 아들과 딸이에요."

최 팀장은 자작으로 술을 따르고 바로 소주를 한 잔 들이켰다.

"소장님 와이프와 애들이라고 하는데 저 노랑머리 남자는 뭐예요?"

수원 검사관이 물었다.

"흥, 딱 보니 알겠네요. 내연남이에요, 내연남."

"내연남이요?"

대현 선배가 의아해하며 물었다.

"상간, 상간남이라고요! 검사관님 소장님은요, 기러기 아빠였어요. 저 남자가, 저 아들이 초등학교 일 학년 때 미국으로 갔대요."

최 팀장은 몸을 돌려 대학생으로 보이는 남자를 손가락으로 가리키며 말했다.

몇 분 안 되는 사이 소장님 아내와 자식들은 검은색 상복으로 갈아입고 상주 자격으로 영정 앞에 앉아 있었다. 영정 사진 속 소장님은 인자한 웃음을 지으며 이들을 바라보고 있었다. 가족이 와서 기뻐하고 있을까 하는 생각이 문득 들었다.

"무려 십육 년 이상을 기러기 아빠로 사신 거예요. 월급은 모두 미국에 있는 처자식에게 보내고 자신은 출장비하고 초과근무 수당만으로 사셨던 거죠. 애들 등록금으로 집도 팔아 보내서 관사가 있으면 관사에서 사시거나 관사가 없으면 월세로 작은 방에 사셨죠. 차는요, 십 년 된 마티즈잖아요. 힘드셨을 거예요. 자식을 만나러 갔다 오는 비행기 삯이 아까워 십육 년 동안 몇 번이나 보셨겠어요. 인터넷 화상채팅이 전부 다죠. 문제는 저 연년생 딸까지 대학을 졸업하고 발생했어요. 아니, 그전부터 발생한 거죠."

최 팀장은 또다시 몸을 돌려 오빠 옆에 앉아 있는 딸을 손가락으로 가리켰다. 손가락 끝이 흔들거렸다.

"이제 애들은 다 가르쳤잖아요. 십육 년, 말이 십육 년이지 그동안 소장님이 얼마나 힘들고 외롭게 사셨겠어요. 올망졸망 아내와 자식들이 한국에 들어올 날만 기다렸을 거잖아요. 그래서 딸까지 졸업했으니 이만 들어와서 같이 살자고 하니깐, 저 와이프가 뭐라고 한지 아세요?"

최 팀장은 중년 여성을 가리켰다.

눈을 찡그렸다.

"한국에는 안 들어가겠대요. 이혼해달래요, 글쎄. 십육 년 동안 뒷바라지 다 하니깐 이혼해달래요. 소장님이 미치시겠지요. 안 미치는 게 이상한 것 아니에요? 그래서 애들한테 엄마가 왜 그러냐고 하니, 애들이 하는 말이 뭔지 아세요? 엄마가 그동안 외로워서 힘들었을 때 아빠가 그동안 해준 게 뭐가 있냐고 그러는 거예요? 그래서 엄마가 원하는 대로 해주래요. 검사관님, 이게 말이에요, 말 밥이에요? 십육 년 동안 처자식을 위해 돈 다 보내주고 자신은 혼자 외롭게 살아왔는데, 가족을 위해 인생을 다 바쳤는데 하는 말이, 해준 게 뭐냐고요? 남편과 아빠를 아주 ATM기로 취급한 거죠. 주변 사람들에게 물어보니 와이프에게 내연남이 생긴 것을 확인한 거죠. 그것도 오래전부터요. 그래서 이번 산불 기간이 끝나면 빚을 내서라도 미국에 갔다 오려고 했는데, 이 사건이 연이어 터지니 갔다 올 수 있었겠어요. 가족 문제에 성희롱 징계로 얼마나 힘들었겠어요. 속이 타들어 가셨겠지요. 스스로 목숨을 끊은 것도 이해 안 되는 게 아니에요. 그래도 힘들어도 맘 단단히 먹고 사셨어야 했는데, 결국 죽어서도 저 연놈들을 위한 일을 하셨어요."

자신의 술잔에 소주를 거칠게 따른 최 팀장은 한잔 벌컥 들이켰다.

"좋겠다."

최 팀장은 고개를 돌려 소장님의 아내와 아들, 딸을 혐오스럽게 바라봤다.

"검사관님들, 저 사람들이 왜 왔겠어요? 아빠와 남편이 아닌

ATM기로 취급한 남자가 죽었는데, 왜 왔겠어요?"

우리는 최 팀장의 물음에 이리저리 머리를 굴려보았지만 마땅한 답을 찾지 못했다.

"저들이 한 행태를 보면 답이 나오는데, 모르시겠어요? 보험금과 부조금, 유족연금을 받으러 온 거잖아요. 공무원연금공단에서 사망조의금도 나오고 또 소장님이 삼십 년 이상을 공직에 있어서 사무관이니 얼마나 많은 부조금이 들어오겠어요. 그리고 유족연금이 있잖아요."

"너무 저분들을 나쁘게 이야기하는 것 아닌가요? 그래도 아빠고 남편이었던 분이 돌아가셨는데 자리는 지키기 위해, 인간의 도리를 지키기 위해 오지 않았을까요?"

기독교 신자로 인간의 선함을 믿는 대현 선배는 최 팀장의 말에 반론을 제기했다.

"그래요 그럴지도 모르지요."

최 팀장은 술잔에 소주를 따르며 말했다. 술잔이 가득 차자 술잔을 들고 말했다.

"제 말이 틀리기를 바랄 뿐이에요. 만일 제 말이 틀렸다면 소장님은 그래도 세상에 태어나 제대로 된 인간 둘을 만들어놓는 인간의 기본적 소명을 이루고 가시는 분이 될 테니깐요. 그럼, 그분의 삶이 그렇게 불쌍하지는 않을 거예요. 그런데요, 만일 제 말대로 된다면 그분은 진짜 불쌍한 인생을 사셨다가 가신 분이 될 거예요. 사랑하는 사람에게 인간이 아닌 ATM기로 취급받고 살아왔다는 게 얼마나 불행한 인생일까요? 존경하시던 소장님이 떠나가는 마지막 길에 제발, 제 말처럼 안 되기를 빌 뿐이에요."

최 팀장은 소주를 한 번에 털어 넣고 자리에서 일어났다. 몸이 휘청했다. 우리도 같이 긴장하여 움찔했다.

탁자에 손을 짚고 몸을 가눈 최 팀장은 우리에게 안심해도 된다고 손을 들어 보였다.

"저는 장례 지원팀으로 내일까지 남아 있을 거예요. 그래서 지금 모텔에 가거든요. 검사관님들은 어떻게 하실 거예요?"

말 뒷부분이 흐트러졌다.

"저하고 수원 검사관이 내일까지 있는데, 저희는 여기서 자리를 지킬 겁니다. 어서 들어가서 쉬세요."

수원 선배가 말했다.

"그럼 가보겠습니다."

휘청휘청 최 팀장은 걸어갔다.

"불쌍한 우리 소장님, 저승 가는 길이라도 아내, 자식 얼굴이라도 보고 가세요. 그래도 소장님 보러 왔네요."

최 팀장이 신발을 신으며 장례식장의 사람들에게 다 들릴 정도로 크게 말했다. 소장 아내의 싸늘한 눈길이 최 팀장의 비틀거리는 등에 꽂혔다.

"소장님, 소장님 우리 불쌍한 소장님."

중얼거리는 최 팀장의 목소리가 점점 작아지다 사라졌다.

대현 선배와 승현 검사관은 내일 출근을 위해 갔다. 열두 시가 되자 수원 선배와 나는 장례식장 구석에 자리를 잡고 누웠다. 발인이 여섯 시라 일찍 일어나야지 하며 잠이 들었다.

얼마나 잠이 들었을까?

잠자리가 불편하고 오줌이 마려워 자리에서 일어났다. 시계를 보니 새벽 두 시였다. 더듬더듬 신발을 찾아 신고 화장실로 가서 볼일을 보고 나자 담배 욕구가 올라왔다. 장례식장 밖으로 나가 흡연장으로 향했다.

이때 어디선가 영어로 말하는 중년 여성의 목소리가 들렸다. 장례식장에 그것도 늦은 밤에 웬 영어? 하며 호기심이 생겨 말소리가 들리는 곳을 쫓아갔다. 사람의 눈길이 닿지 않는 구석진 곳에서 말소리가 들려왔다. 이야기가 선명하게 들릴 때쯤 걸음을 멈추고 살짝 엿보았다.

소장 아내와 그 노랑머리 중년 남자가 서로 껴안고 애틋하게 바라보고 있었다. 나는 얼른 몸을 숨겼다. 그들의 이야기는 계속되었다. 영어로 이야기했지만, 대충은 알아들을 수 있었다.

자기 사랑한다 하는 내용에 남자가 이제 미국으로 돌아가면 결혼할 수 있냐고 물었다. 여자는 사랑하지만 안 된다고 말했다. 한국에서는 죽은 공무원 남편 대신 아내가 유족연금을 받는데, 만일 당신하고 결혼하면 그 연금이 끊겨서 그냥 이렇게 살아야 한다는 설명을 했다. 이어 자기가 나를 사랑하는데 결혼이 무슨 상관이 있냐고 이야기했다.

난 담배를 입에 물었다. 담배에 불을 붙였다. 숨을 들이켜며 담배를 길게 흡입하고 길게 연기와 함께 내뱉었다. 니코틴이 도파민을 촉진하여 나의 떨리는 심장을 안정시켰다.

불쌍한 소장님, 소장님은 죽어서까지 ATM기 인생을 벗어나지 못했다.

소장님이 안 될 선택을 한 이유는 무엇일까?

가정사의 문제와 성희롱 신고로 심적으로 힘들었을 것이다. 가슴이 죄어오고 숨이 가빠지고 어찌할 수 없는 마음, 유일한 탈출구는 죽음밖에 없다. 이것뿐일까?

장기간 공직 생활을 한 사람에게는 또 다른 선택의 여지가 있다. 성희롱은 기본적으로 중징계고 조사를 하다 보면 다른 사건이 나오는 예도 있다. 그럼 해임, 파면까지 갈 수 있다. 해임, 파면되면 연금이 나오지 않는다.

소장님의 경우는 해임과 파면까지 나올 경우가 아니었지만, 혼자서 고통을 감내하는 경우는 생각이 생각의 꼬리를 물며 이어진다. 생각에 브레이크가 걸리지 않으면 생각이 결국 생각을 잡아먹으며 커져 두려움에 잠식된 내가 된다.

그럼 내가 할 수 있는 것은?

결국 내가 할 수 있는 최선의 선택은?

해서는 안 되는 행동을 하게 된다.

나 혼자 떠나면, 나 혼자 저세상으로 가면 사건은 공소권 없음으로 끝나고 나의 죽음으로써 가족에게 연금을 줄 수 있다. 내 희생으로 가족에게 더 많은 것을 준다.

가족을 끝까지 지킬 수 있다.

소장님 생각은 여기까지 도달했을 것이다. 십육 년 동안 가족을 위해 헌신한 성격으로는 당연히 여기까지 생각했을 것이다. 나 또한 다시 이런 일이 생긴다면 비슷한 생각을 할 것이다.

소장님의 인생을 보니 내 인생도 처량해졌다.

나 또한 소장님처럼 인간 ATM기로 살지 않을까?

내 월급은 모두 아내의 통장으로 들어간다. 출장비 오만 원, 십만 원이 한 달 생활비다. 주말에는 당직비가 나와 돈이 없을 때는 부탁하여 대신 근무를 서기도 했다. 집에 더 많은 돈을 보내려고 겨울이 되면 관사의 방안에 텐트 치고 전기장판 하나로 겨울을 났다. 저녁 식사는 점심시간에 먹다 남은 음식을 얻어먹었다.

그렇게 돈을 아껴 아내에게 보내주지만, 아내는 힘들고, 고생했다는 이야기도 없다. 주말에 집에 가면 아는 척도 안 하고 왜 이렇게 주말에 꼬박꼬박 오느냐고 핀잔만 한다. 아내와 따로 골방에 침구 하나 펴고 집이라는 마음에 늦잠이나 자려 하면, 아내는 '자기는 주말에 쉬러 왔어?' 하며 다른 집 남편들과 비교하며 강아지 산책, 설거지, 집 청소하기를 바란다.

그래, 할 수 있다.

불만도 없고 아내가 원하면 한다.

다만, 내가 바라는 가장으로서의 존중과 가족의 따뜻함을 느끼게 해달라는 것이다. 마음을 어느 곳에 내려놓아야 할지 모르겠다. 이 외로움이 너무 힘들어 아내를 껴안으려 하면 아내는 거부한다. 외로움에 가슴이 쓰리다 못해 죽을 것 같다. 숨도 쉬어지지 않는다.

여기까지 생각이 미치니 울컥 감정이 올라왔다.

담배를 잘근 씹었다. 하늘을 바라보니 보름달이 떠 있었다.

죽고 싶다.

밀회를 끝냈는지 소장의 아내가 먼저 걸어나왔다. 몇 분 지나 노랑머리 남자가 나왔다. 남들의 시선이 무서웠긴 무서웠나 보다.

"헤이."

내가 노랑머리 남자를 불러세웠다.

담배를 보여주며 웃자 녀석이 씩 웃으며 다가왔다. 녀석에게 담배를 하나 주고 불을 붙여줬다. 서양인에게 동양인은 다 똑같아 보인다더니만 녀석은 내가 소장님 장례식장에 있었다는 것을 기억하지 못하고 있었다. 녀석과 이야기했다. 이것저것 이야기하다가 한국 여자 어떠냐고 이야기했다.

"엑설런트."

서양 여자와 잠자리가 다르다고 했다. 또한 남자들에게 헌신적이라고 했다. 이번에 여자를 사귀었는데 자기에게 돈을 펑펑 쓴다고 이야기했다. 그리고 자신이 사귀고 있는 서양 여자친구 사진을 보여주었다.

지금 한국 여자 따라 한국 들어온 거는 뭐냐고 묻자, 돈 대주고 잠자리해주는데, 안 따라올 사람이 어디 있냐고 답했다.

'그래, 여자가 공짜로 잠자리도 주고 한국 여행시켜 준다는데 안 따라올 남자 새끼가 어디 있냐, 이 쓰레기 새끼야.'

한 대 치고 싶었지만, 난 웃으며 한국말로 말했다. 말하는 동안 웃음을 잃지 않았다.

"시발새끼야, 네가 작업한 여자의 남편이 너 때문에 죽었어. 새끼야, 평생 죄책감 느끼고 살아, 이 시발새끼야. 한국 여자 호리고 다니지 말고, 시발새끼야."

"왓(WHAT)."

녀석이 궁금해했다.

나는 나도 너처럼 해보고 싶다고 부럽다는 말을 한국말로 했다고 말했다. 나중에 나 미국 가면 그때 연락하자고 SNS 교환하고 서로 안아주며 헤어졌다.

잠자리에 누우며 다짐했다.

'미국에 가서 널 만나면 총으로 쏴 죽일 거다. 이 시발새끼야.'

다음 날 아침 우리는 소장님의 시신이 화로에 들어가는 것까지 보고 왔다.

최 팀장은 어제의 과음으로 술병이 나 모텔에서 그냥 쉬었다. 어찌 보면 안 온 게 다행이었다. 소장 아내와 소장 누나가 부조금으로 대판 싸웠다. 소장 아내는 자기가 아내이기 때문에 부조금을 다 가져간다는 것이고, 누나는 네가 뭔데 죽어서까지 가져가냐고 싸웠다. 결국, 누나가 또 쓰러져 앰뷸런스에 실려 가면서 싸움이 끝났다.

난 최 팀장의 예상이 틀리기를 바랐는데 불행히도 맞았다.

그러나 소장님은 소장님의 가치로 사셨다.

헌신, 가족에의 헌신

이것이 남자의 삶이 아닐까? 불행한 삶이지만 자신은 행복했다고 믿었을 것이다. 우리는 소장님이 화로 안에서 불에 타고 있을 때 집으로 돌아갔다.

소장님이 편안하게 가시기를 빌었다.

현세에는 원하든 원치 않든 ATM기 인생을 살았지만, 저승에 가서는 바람피웠고 이혼을 요구한 아내지만, 한때 사랑했던 아내가 자신의 유족연금 덕분에 편안하게 살게 된다는 마음을 가지고 행복하게 가시기를 빌었다.

[12]

두 달 뒤.

선배가 죽었다.

대현 선배가 죽었다.

강원도에서 죽었다.

헬리콥터가 추락해 죽었다.

장례식장 영정 사진 속 선배가 웃고 있는 모습을 보았어도 울음이 나오지 않았다.

그저 담담했다.

선배가 죽었다.

일주일이 지났을까?

긴 회의를 끝낸 날 저녁에 술 한잔하고 모텔로 귀가할 때였다.

문득 선배가 생각나 전화기를 열었다.

생각이 스치며 동작을 멈췄다.

'선배는 죽었지.'

가로등 하나가 비추는 어두운 골목에 혼자 서 있었다.

바닥이 사라지고, 지구가 사라지고, 어두운 공간 속에 오롯이 나만 서 있었다.

외로움, 상실감이 몰려오며 왈칵 눈물이 쏟아졌다.

언제나 전화하면 반가이 맞아주고, 아내보다 더 자주 전화를 한 사이. 힘들 때 몇 시간이고 통화하며 나를 살려준 선배였는데, 남자는 그렇게 사는 거야 하면서 삶의 끈을 놓지 않게 해준 선배였는데.

힘이 빠졌다.

가로등에 등을 기대고 섰다.

"꺼이꺼이."

소리 내 울었다.

이제 누구에게 전화하고 이야기하지?

오롯이 나만 남았는데.

선배가 얄궂게 미웠다.

이 세상에 태어나 맘 터놓고 이야기할 친구는 오직 선배 하나뿐이었는데.

"이제 누구에게 전화하냐고요, 선배."

원망하며 선배를 불렀다.

죽음을 인식하지 못했는데, 그 사람의 빈자리를 느끼는 순간 죽음의 존재에 대해 알게 되었다.

난 또다시 혼자가 되었다.

또다시 고립 속에 묻혔다.

어둠 속에 내려앉았다.

어두운 골목에 나를 유일하게 비추던 가로등이 꺼져버렸다.

[13]

죽음은 또 다른 죽음을 부르는 것일까?

"띠리링, 띠리링."

스마트폰이 거칠게 울었다. 잠결에 받았다.

"준호 검사관."

"수원 선배?"

"잠자고 있었어?"

"무슨 일이세요? 이 시간에"

손목시계를 보니 두 시를 넘어가고 있었다.

"답답해서 전화했어."

"무슨 일이에요? 또 전 형수하고 딸에게 전화 왔죠? 솔직히 말해봐요."

"응, 전화 왔어. 가슴이 떨려서 진정이 안 되어 준호 검사관에게 전화했어."

나는 일어나 바르게 앉아 전화를 받았다.

"한 달 전에 전 형수가 생활비 없다고 해서 지금 형수 몰래 천만 원 넣어주고, 또 딸이 돈 필요하다고 해서 삼천만 원 넣어줬는데, 또 뭐 해달래요? 그러니깐 제가 착신 거부하라고 했잖아요."

"딸 때문에 어쩔 수 없었어. 또 돈 문제로 딸하고 싸웠나 봐. 제 엄마가 술에 취해서 딸에게 칼부림하고."

아이구야, 나는 손으로 이마를 짚으며 말했다.

"그 형수는 왜 선배에게 그렇게 전화한대요? 자기가 싫다고 해 놓고는 지금 형수와 잘사는 걸 알면서 인제 와서 다시 합치면 안 되냐 하고, 생활비 떨어져서 그러니 돈 좀 부탁한다 하고, 딸이 돈이 필요하니 딸에게는 이야기하지 말라 하면서 돈 빌려달라고 하고. 막말로 그 돈이 딸에게 들어갈지 어떻게 알아요? 선배가 호구예요? 뭐 돈 필요할 때 돈 빼는 ATM기냐고요?"

"아직 내가 그래도 사랑하고 있나 봐. 그래도 뭔가 해줄 수 있다는 게 좋아."

"주는 건 좋은데, 그게 다 빚이니깐 그렇지요. 지금 형수하고도 잘살아야 할 것 아니에요. 마이너스 통장에 이미 빚이 오천이에요. 직장인이 그 돈을 어떻게 갚으려고 해요? 지금 형수가 알면 어떻게 해요?"

내 목소리가 조금 거칠어졌다.

"그렇지. 그런데 딸에게 무언가를 해줄 수 있다는 게 좋은 걸 어떻게 해. 딸인데 안 줄 수도 없잖아. 그런데 왜 이렇게 불안하지? 전처에게 연락이 오면 막 심장이 뛰고 불안해. 지금 아내하고 있으면 너무 행복한데. 지금 이렇게 행복을 계속 가져가고 싶은데. 전처하고 딸이 내 행복을 다 가져가 버릴 것 같아. 준호 검사관, 어떡하면 좋겠어? 여기서 벗어나고 싶은데 벗어날 수가 없네. 나 살고 싶어. 지금 죽어버릴 것 같아."

"왜 그래요, 선배? 선배, 지금 형수가 선배 끔찍이 위해주는 것 알잖아요. 다른 것 보지 말고 지금 형수만 생각해요."

"그렇지, 지금 처가 나를 얼마나 잘해주는데. 그런데 불안해. 나 올해 후반기 재채용이야. 내가 헬리콥터 전문가라고 하지만 불안해. 지금 처는 내가 공무원이라 좋다고 결혼했는데, 만일 내가 재채용에서 떨어지면, 공무원이 아니면 전처처럼 될까 봐 두려워. 이 행복이 끝날까 너무 두려워."

"선배 같은 실력이면 반드시 통과되니깐 걱정하지 마세요. 가급 경력관으로 신분을 바꿔달라고 노조에서 건의한다고 하잖아요. 그것만 되면 불안한 임시직에서 정규직이 되는 거잖아요."

"언제 될까? 중요한 건 정부에서는 해줄 생각도 없잖아. 이대로 비정규직이어야 부려 먹기 좋은데 정규직인 가급 경력관으로 바꿔 주겠어?"

"휴~."

한숨이 절로 나왔다.

아무리 한국에서 헬기 분야 최고의 프로들이라고 해도 우리는 비정규직이었다. 언제든 잘릴 수 있는, 계약이 해지될 수 있는.

"그래도 힘내요. 반드시 재채용될 거예요."

이어 한 시간 동안 전화 통화를 하고 끊었다. 그리고 잠이 들었다.

나는 이때 왜 선배를 만나러 차를 몰고 가지 않았을까? 후회했다.

다음 날 선배는 출근하지 않았다.

"김준호 검사관님 되시지요? 여기는 무진 경찰서입니다. 잠시 통화 되십니까?"

경찰서에서 연락이 왔다. 신원 미상 사체를 발견했는데 산림항공본부 작업복을 입고 있다고.

스마트폰을 열어보니 나와의 통화가 마지막 통화였다고 했다.

시체를 확인했다.

선배였다.

가장 행복한 순간을 영원히 가져가기 위해 영화의 마지막 장면처럼 선배는 갔다.

행복의 순간을 가져갔다.

해피엔딩처럼.

14

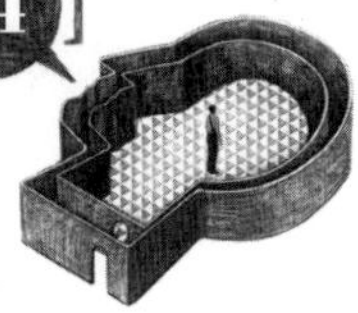

부부 상담 열 번째다.

나와 아내가 상담 선생님 앞에 앉았다. 상담 선생님은 웃으며 인사하고 우리들의 이야기를 들었다.

아내는 나에게 섭섭했던 것을 뱉어냈다.

그 독설이 나를 감싸왔다.

아내: 오로지 혼자 독박육아를 했다.

나: 남편은 혼자 독박벌이를 했다.

아내: 아이들을 학원 안 보내고 가정교육을 하느라고 내 시간이 없었고 다른 엄마들처럼 여유가 없었다.

나: 학원을 안 보냈기에 집을 장만할 수 있었고, 학원을 안 보내고 독서 활동을 하여 자기주도학습을 할 수 있었다. 당신이 아이들과 함께하는 시간과 장소를 만들기 위해 남편은 그 시간에 땀 뻘뻘 흘리고 남들에게 아쉬운 소리 하며 돈을 벌었다. 어찌 보면 아이들과 행복한 추억이 되지 않았을까 한다.

제발 잘난 남편 덕에 아침 아홉 시부터 카페에 모여 수다 떠는 아줌마들이랑 지내지 말고 비교도 하지 말라. 그들의 시선에 맞추니 자기 삶이 비참해지고 남편한테만 원망하는 것 아닌가? 그들과 어울려 얻은 것이 무엇이 있는가? 아이들에게 좋은 본보기가 되기 위해 자기 계발하고 노력하는 엄마들을 만나라.

아내: 집에 돈이 필요한데 남편이 자신이 쓰는 돈의 출처에 관해 이야기하지 않는다.

나: 월급은 모두 당신 통장으로 들어간다. 용돈도 받지 않는다. 출장비, 당직근무비를 아껴 생활했다. 이걸 안 어머니가 불쌍하다고 돈을 보내주셨다. 눈물을 흘리며 돈을 받을 수밖에 없었다. 당신은 이 돈을 받을 때 내가 얼마나 비참했는지 아는가? 그 푼돈 쓰는 것을 두고 내가 돈을 따로 챙긴다고 계속 의심하는 건가?

아내: 왜 내 능력도 안 되는 정부지원사업을 하자고 해서 나를 힘

들게 했는가?

나: 당신이 말하는 대로 돈이 더 나올 곳이 없었다. 이대로 간다면 우리 집이 쓰러질 것 같은 위기감이 들었다. 목 밑에 칼이 들어온 것 같았다. 난 공무원이라 정부지원사업을 신청하여 사업을 벌일 수 없었다. 서류 준비는 내가 하고 당신이 발표만 해주고 지원금 오천만 원을 받으면 집안 경제를 해결할 방법이 있을 것 같아서 당신에게 부탁한 것이다. 육십, 칠십 어르신과 전업주부, 대학생들도 발표하여 정부지원금을 오천, 일억씩 받았기 때문에 당신은 충분히 할 수 있다고 생각했다. 아들과 당신, 나는 경제 공동체이기 때문에 당연히 해줄 것으로 생각했다. 아니, 적극적으로 할 거라 생각했다.

그런데 대학교에 간 아들은 '아빠가 하자고 해서 안 해.' 하고 단칼에 거절하고 당신은 '왜 나에게 이것 시키려고 해?' 해서 맘에 상처를 많이 받았다. 돈이 없다고 나에게 돈을 벌어오라고 해서 고민 끝에 해결책을 가져오니, 마치 남 이야기하듯 거절하는 것을 보고, 나의 존재에 대해 다시 생각하게 되고, 너무 창피해서 죽어버리고 싶었다. 외로움에 치를 떨었다.

아내: 아이가 아빠에게 점심 사 먹게 돈 좀 달라고 했는데 아빠가 돈이 없다고 해서 아이가 크게 실망했다.

나: 돈을 다 당신에게 주었는데, 용돈 줄 돈이 어디 있는가? 당신이 생각이 있으면 나에게 아이들 용돈을 주라고 돈을 보내주면 좋지 않았을까 생각한다. 나를 이렇게 만들어놓고 무엇을 바라는가? 나도 마음이 아프다. 아들이 이런 아빠를 이해하지 않는 것이 더 슬프다.

아내: 아들과 사이가 좋았으면 한다. 아들과 친하게 지내지 못한 것은 아빠 잘못이다.

나: 사춘기 지난 아들과 살갑게 지내는 집안이 몇이나 있을까? 당신도 아들과 친하게 지내지 못하면서 왜 나를 자신의 기준에 넣어서 평가하는가? 그리고 아이가 사춘기 때 버릇을 잡으려고 매를 들면 당신은 아이가 아닌, 나에게 문제의 초점을 맞추며 화를 냈다. 분명 잘못은 아이가 잘못했는데 나에게 화를 내고 뭐라고 하니 가정의 위계가 서겠는가? 아이가 나를 당신 밑으로 보니 아이가 자꾸 선을 넘는 것이다. 제발 아이들 앞에서 가장으로서 위계 좀 세워달라. 아이가 말실수하여 고쳐주려고 할 때 '왜 이리 시끄러워 둘이 그만 좀 해!'가 아니라 '너 아빠한테 그게 뭐니, 일단 아빠에게 죄송하다고 해!' 하는 게 맞는 것이 아닐까 하는 생각이 든다. '둘이 그만해!'라는 말은 아버지와 아이가 동급이라는 것이다. 이런 상황인데 어떻게 아이 행동이 교정될까?

아내: 시댁에 가서 남편은 제사 준비를 안 하고 며느리만 준비했다.

나: 제사 준비는 어머니가 대부분 해놓고 당신은 전날 네 시간 정도만 일하고 오지 않는가? 그리고 다음 날 가서 제사만 지내고 오고. 그것도 일 년에 기껏 세 번이다. 제사는 가족이 함께 모여 화목을 기원하는 건데, 그 기능을 못 하고 있다. 어머니도 힘들고 당신도 불만이 있으니 어머니와 이야기해서 제사를 안 지내고 식사하는 것으로 바꾸려고 한다.

아내: 가족끼리 여행을 가본 적이 없다. 여행을 가도 시아버지 시어머니와 함께 갔다.

나: 아이들이 어렸을 때는 의외로 많았다. 그리고 아이들이 어느 정도 컸을 때는 아이들과 나의 일정을 맞추기 힘들어서 당신보고 계획을 세워보라고 하지 않았는가? 꼭 내가 세웠어야 했는가? 정작 가고 싶고 그것이 불만이었으면 경제권이 있는 당신이 계획을 세웠으면 되지 않는가? 나는 그때 너무 힘들어서 여력이 없었다. 또한, 부모님과 같이 간 것은 외가의 외숙모들이 외할머니, 외할아버지 모시고 일 년에 한 번씩 여행 다녀오는 것이 너무 보기 좋았기 때문이다. 외숙모들도 그것을 당연하게 여겼다. 미안하다. 당신도 외숙모들처럼 이해하고 같이 즐길 줄 알았는데 세대가 차이 난다는 것을 내가 생각지 못했다. 내 생각이 짧았다.

아내: 당신이 힘들었을 때 주말마다 시댁에 당신을 태우고 왔다 갔다 하느라 힘들었다.

나: 그때는 내가 죽을 뻔했다. 관계가 단절되었다. 출근해서 말할 사람도 없었고, 집에 와서도 당신과 아이들은 나에게 말을 걸지 않았다. 미쳐 죽는 줄 알았다. 자살 충동이 계속 일어났다. 하루하루 버티는 것이 너무 힘이 들었다. 그냥 십오 층 옥상에서 떨어지고 싶은 심정이었다. 그래서 내가 주말에 어머니 집에 다녀온다고 하니 당신이 주말에 차를 꼭 써야 한다고 했다. 삼십 분 거리를 나를 태워주고 왕복하는 게 힘들다고 불만을 나에게 토로했다.

당신은 내 상황이 어떤 상황인지 몰랐는가? 난 삶을 끈을 놓느냐 마느냐 하는데 단순히 차가 막힌다고 나에게 불만을 토로했다. 실망감이 몰려왔다. 힘들 때 잡아주고 삶의 기운을 북돋아주는 것이 가족이며 남자에게는 아내인데 나는 무엇이 있을까? 당신에게 전화하지 않게 된 것도 그 이유다. 나는 살려달라고 전화하면 당신은 힘들다는 불평이었다. 당신과 이야기하면 자살 충동이 더 올라왔다. 에너지가 너무 떨어져 더 이상 버틸 수 없었다.

쏟아지는 아내의 불만에 과거의 아픈 감정이 올라왔다.

상담을 마치고 집으로 오는 내내 부정적 감정이 올라와 힘이 들었다.

잠을 자려고 누웠더니 자꾸 자살 충동이 일어났다.

긴 숨을 들이쉬고 뱉어내었지만, 안정이 되지 않았다.

밖으로 나가 무작정 걸었다.

대현 선배, 수원 선배 모두 떠났다.

이제 연락할 사람도 없었다.

나 혼자 이겨내야 했다.

이 자살 충동의 감정은 외로움이란 놈이 변해서 또 나를 휘감았다.

걷고 또 걸었다.

긴히 할 말이 있다고, 아내에게 연락이 왔다.

어떤 말을 할까?

관계 개선도 힘들었는데…….

운전하는 동안 많은 생각이 들었다.

행복한 상상과 최악의 상황이 머릿속을 오갔다.

기대는 언제나 최악으로 끝났다는 것을 잊고 있었다.

"이혼해줘."

최악의 상황이었다.

"잘할게."

"안 돼. 이혼해줘."

후~, 긴 숨을 내쉰다.

이제 고통을 오롯이 혼자 견뎌야 한다.

외로움이 내 몸을 휘감는다.

걷고 또 걸었다.

며칠이 지났을까? 시간 감각이 사라졌다.

감사과에서 연락이 왔다.

이유가 무엇이냐고 물었다.

“성추행 신고가 들어왔습니다.”

언제?

민수원 선배와 함께 딸을 만나러 가는 날이었다.

휴~, 두 번은 못 겪겠다.

나는 허공에 두 발을 내디뎠다.

나도 마지막 장면은 해피엔딩이기를 바랐는데.

에필로그

이 책은 남자의 일방적인 시각으로 쓰였습니다.

하지만, 결단코 남녀 편 가르기를 위해 쓴 소설이 아닙니다.

여자가 이해하지 못하는, 알지 못하는 중년 남성의 아픔을 여성들에게 알리고 남성들을 이해하고 보듬어달라고 쓴 글입니다.

처음 이 소설을 기획하게 된 것은 우리나라가 OECD 국가 중에 남자 자살률이 1위이고 남자의 자살률이 여자의 자살률에 비해 두 배 이상이라는 것을 알았을 때였습니다. '왜 이렇게 남자의 자살률이 높지?' 하는 의문이 들었습니다.

기획만 하고 있었지, 막상 쓰지 못하던 중 친한 선배가 사고로 돌아가시면서 본격적으로 쓰게 되었습니다.

선배의 사고처리를 도와주던 중 형수가 혼자 일을 처리하는데 너무 힘들다고 선배님이 생각난다고 울음을 토해내었습니다. 이걸 본 저는 이것이 진정한 부부의 모습이구나 하며 이 글을 반드시 써야 한다고 결심했고 결국 마칠 수 있었습니다. 소설 속에서나마 선배를 끝까지 기억하고 싶었습니다.

여성을 대변하고 이해하려 하고 목소리를 내는 책들은 많습니다.

그에 반해 남자들을 이해하려고 노력하려는 책은 있었을까요? 거의 전무합니다. 있더라도 남성을 우스갯감으로 취급한 것이 대부분입니다.

“남자들은 남자니깐 이래도 돼. 남자가 그까짓 것 가지고, 남자가 봐주면 안 돼?” 하며 일방적인 희생만을 강요받았습니다.

사십여 년 이상을 남자로 살아보니 남자는 심적으로 여자보다 더 불안정한 존재임을 깨달았습니다. 남성은 여성에게서 위로와 사랑을 받아야지 안정되는 그런 존재였습니다. 이것도 모른 채 그동안 남자들은 남자라는 편견, 이 두 글자로 희생을 강요당했고 올라오는 비명을 가슴속에 묻고 속으로 울부짖으며 살아왔습니다.

올바른 정의감으로 약자를 가장 가까이 지켜온 것이 남자였습니다.

하지만, 아이러니하게 지금은 잠재적 가해자로 오해받고, 나는 범죄자가 아니라고 증명해야만 하는 실정에 왔습니다.

왜 이렇게 되었을까요?

저는 여러분에게 물음을 던집니다.

많은 이유가 있겠지만, 제가 생각한 것은 서로 간의 이해 부족이라고 생각합니다. 특히 여성이 남성을 이해하려는 노력이 부족했습니다. 그동안 여성을 이해하고 배려하려는 노력은 많았지만, 남성의 아픔에 대해서는 이해하려고 하지도 않고 생각지도 않았습니다.

따라서 이 소설을 썼습니다.

이 소설이 남성을 이해하는 실마리가 되었으면 하는 바람입니다.

남성과 여성이 서로를 이해하고 배려하고 서로 감사하면 지금처럼 편 가르기와 악담으로 저주하는 것이 아닌 진정 사랑하는 화목한 가족뿐만 아니라 서로 지탱해주는 사회가 만들어질 것입니다. 0.7이라는 망국적인 출산율도 사라질 것입니다.

또한, 여자는 신성한 능력을 가진 존재입니다.

오직 신만이 할 수 있는 탄생을 여성은 출산으로 경험하고, 이 아이를 한 명의 건전한 시민으로 키우는 하늘이 주신 가장 고귀한 경험인 육아를 하고 있습니다. 아무리 시대가 변하여 아버지도 육아의 주체가 되었다지만 어머니의 능력을 따라갈 수 없습니다. 이런 고귀하고 성스러운 출산과 육아를 여성 스스로 가치를 낮게 보고 있는 것에 통탄할 따름입니다.

마지막으로 부탁 하나 하겠습니다.

여러분 중년 남성의 높은 자살률의 원인이 외로움 때문이라는 사실을 아시나요?

아내는 남편을 애인은 남자친구를 누나는 남동생을 여동생은 오빠를 어머니는 아들을 딸들은 아빠를 안아주고 등을 토닥여주십시오.

그리고 말해주십시오.

"그동안 살아줘서 고마웠어." 하고요.

남자들은 여자들의 가슴에 안겨 마음의 안정을 찾게 진화되어왔습니다.

그들은 '헌신'이라는 가치를 가지고 또 다른 누군가를 위해 오늘도 힘차게 살아갈 것입니다.

긴 글 끝까지 읽어주셔서 감사합니다.